브레이브 뉴 휴먼

No.
17

문학에서 발견하는
무한한 좌표들,
은행나무 시리즈 ɲ.

브레이브 뉴 휴먼

정지돈 소설

은행나무

차례

미래 세대는 왜 있어야 하는가?

그들의 존재 이유는 무엇인가?

—밸러리 솔래너스

1. 붐랜드 / 밤

나는 나의 외부에 존재했다

아미는 빛 속에서 권정현지의 뒷모습을 본 것 같았다. 아니, 어둠 속이라고 해야 할까. 붐랜드의 스모그는 조명에 따라 붉고 푸른 빛으로 변하며 사람들을 숨기고 드러냈다. 아미는 서브우퍼의 진동이 옷깃을 파고드는 것을 느끼며 현지의 뒤를 쫓아 계단을 올라갔다. 낡은 철제 계단은 난간을 잡는 것만으로 쇠 맛이 느껴졌다. 두꺼운 아이보리 풀오버 스웨터에 수영복 바지를 입은 사내가 아미를 보고 알은척했다.

너 그때?

아미는 손짓으로 사내를 밀어내며 계단을 계속 올라 갔다. 위층에는 벗겨진 타일 벽을 따라 철조망과 창살로 가려진 패닉룸이 줄지어 있었다. 이곳에선 어떤 차별도 없이 마음껏 섹스를 즐길 수 있었다. 인종이나 계급, 외모, 성별, 나이, 경제력, 유전자 모두 무관하게 성욕만으로 서로를 탐할 수 있다고 붐랜드를 드나드는 사람들은 입을 모아 지껄였지만 아미는 그런 건 믿지 않았다. 차별이 없는 곳은 존재하지 않는다. 사람들은 어둠 속에서도 기가 막히게 알아냈다. 지금 내 앞에 있는 사람이 가난뱅이인지 부자인지, 미남인지 추남인지 냄새만으로, 윤곽만으로 알아냈고 조금이라도 허둥댄다 싶으면 흥미를 잃었다. 하지만 패닉룸에서 종종 계급이 뒤집히고 정체성이 방향을 잃는 건 사실이었다. 패닉룸의 선수들은 어둠과 촉각의 전문가였고 보이지 않는 곳에서 누구보다 자신만만하게 행동했다. 밤의 행정부가 자격을 부여한 것처럼 망설임이 없었고 사람들은 합의된 강제와 폭력에 전율했다. 붐랜드를 나가면 일용직과 계약직을 전전하며 대출 이자를 갚느라 급급했지만 이곳에서 그들은 잠깐이나마 권력과 자연스러움을 누렸다.

아미는 선수들에게 종종 몸을 맡겼고 그들의 생물학적 성별이 여자일수록 좋았다. 안전하게 느껴졌고 안전함은 금기를 넘나드는 행위의 두려움을 나른한 서스펜스로 바꿨다. 그러나 아미와 달리 권정현지는 붐랜드를 좋아하지 않았고 패닉룸을 경멸했다.

아미와 현지가 붐랜드에 같이 온 건 단 한 번이었다. 5년 전이었나. 아미가 가끔 붐랜드에서 즐긴다는 사실을 알게 된 현지가 졸라서 온 것이었는데 부탁을 할 때와 달리 막상 발을 들인 현지는 코를 막고 주변을 둘러봤다. 잠깐 춤을 추는 흉내를 내더니 맥주병을 들고 구석에 처박혀서 시간을 때웠다. 같이 온 아미의 기분까지 잡치게 만드는 행동이었다. 아미는 그날 이상형인 여자를 건졌고 패닉룸에 갔지만 현지가 마음에 걸려 아무것도 할 수 없었다.

그랬던 현지가 붐랜드에 있을 리 없었다. 아미는 현지의 뒤를 쫓으면서도 그녀가 권정현지일 리 없음을, 그저 닮은 사람일 뿐이라는 사실을 알았다. 현지가 거주 구역에서 나간 지 반년이 넘었다. 갑작스러운 일이었다. 통보도 없이, 갑자기 증발. 처음에는 걱정됐지만 나중에는 화가 났다. 나갈 생각이었으면 미리 알려줬어야 하는 거 아닌가. 그러나 현지는 이미 사라진 후였다. 태어난 이후 한 번도 떨어지지 않았는데 어느 순간 단절된 것이다. 다른 사람도 아닌 자신에게까지 연락을 안 한다는 게 충격적이었지만 사실 그들 사이엔 아무런 의무도 없었다.

아니, 인간들 사이엔 어떤 의무도 없다.

아미는 그 사실을 알면서도 감정이 복잡해지는 자신이 싫었다. 책임감, 도덕적 의무, 권리 따위에 대한 생각이 그의 마음속을 헤집었다. 보통 사람들은 이런 상황에서 자연스럽게 대처할까. 가장 가까운 친구나 사랑하는 연인, 함께 사는 가족의 배신이나 변심 앞에서 어떤 행동을 취할까.

현지를 닮은 여자는 패닉룸의 왼쪽 끝방에서 두 명의 남자와 뒤엉켜 있었다. 아미는 구역질을 참으며 고개를 돌렸다. 서둘러 빠져나오는 아미를 누군가 붙잡았다. 어, 하는 틈도 없이 그가 아미를 패닉룸 한쪽으로 밀어 넣었다.

아미가 사내의 어깨를 팔로 밀어냈지만 그는 꿈쩍도 하지 않고 아미를 벽에 짓이겼다. 억센 손이 아미의 목 덜미를 누르고 오른쪽 손목을 바깥쪽으로 비틀었다. 아미의 손목에 새겨진 바코드가 희미하게 빛을 발했다.

맞네. 체외인.

사내가 말했다. 아미는 눈을 돌려 사내의 하반신을 흘깃 봤다. 아까 지나간 수영복 바지의 남자였다. 그와 패닉룸에서 본 게 언제였지? 1년 전이었나? 유쾌한 경험은 아니었다. 사내의 성기는 온갖 장식물로 뒤덮여 있었고, 행위 내내 우스꽝스러운 말을 뱉었다.

잠깐만.

아미가 몸에 힘을 빼며 말했다. 하지만 사내는 멈출 생각이 없었다. 그는 아미에게 몸을 딱 붙이고 귀에 속삭였다.

전에 좋았잖아?

사내가 오른손으로 아미의 바지 위를 더듬기 시작했다. 그의 손가락에 바지 지퍼가 걸렸다. 사내의 흥분한 숨소리가 귓불을 더럽혔다.

아미는 재빨리 왼손을 바지 주머니에 넣어 스턴건을

찾았다. 작은 드라이버 형태의 스턴건으로 강도는 약했지만 위기 상황을 벗어나기엔 충분했다. 아미는 늘 스턴건을 지니고 다녔다. 이렇게 몸을 붙인 상태에서 사용하면 아미 역시 위험할 수 있지만 생각할 틈이 없었다.

스턴건을 사내의 엉덩이에 대고(미친놈이 어느새 바지를 내렸다) 버튼을 누르자마자 짜릿한 통증이 전해졌다. 사내와 아미 누가 먼저랄 것 없이 바닥에 쓰러졌다. 사내는 몸을 비틀어대며 소리를 질렀다. 먼저 일어난 아미가 패닉룸을 나가려고 하자 손을 뻗어 왼발을 잡았다. 아미는 몸을 돌려 뿌리치고 오른발로 그의 손등을 밟았다.

아미의 등 뒤로 사내의 욕설이 들렸다. 아미는 사내의 숨이 닿았던 목덜미와 귀를 신경질적으로 털어내며 계단을 내려갔다. 체외인을 노리는 범죄가 전보다 많아졌다는 걸 확실히 느낄 수 있었다. 경찰에 신고해봤자 손해 보는 건 체외인이니 마음 놓고 저지르는 것이다.

아미는 붐랜드를 빠져나오며 문자를 확인했다. *아직도 야근 중이야?* 남자친구인 철명이었다. 아미는 철명에게 밤새 회사에 있을 것 같다고 거짓말을 했다. 어, 일이 많네…… 전화를 할까 생각했지만 집에 가서 하는 게 나을 것이다. 철멍을 생각하자 마음이 무거워졌다. 그에게 상처를 주고 싶지 않았다. 하지만 시간이 갈수록 그와 함께 있는 것이 버거웠다. 철멍이 부과하는 애정이라는 이름의 의무와 책임이 질식시킬 듯 목을 조였다. 다른 사람들은 기쁨으로 느낄지도 모르는 관계가 아미에겐 짐이었다.

나는 왜 이렇게 생겨 먹은 걸까. 아미는 버려진 선로 위를 걸으며 생각했다. 붐랜드 주변은 오래된 폐공장, 물류 창고들이 이어지는 산업지구였다. 적막한 공간 속에서 멀리 회백색 조명등이 빛을 발했고 붐랜드의 소음이 은은히 전해졌다. 내가 이런 꼴인 건 체외인이기 때문일까. 부모도 없고 가족도 없는, 뿌리도 역사도 없는 인간들. 의무감도 책임감도 정체성도 없는 일회용품과 다를 바 없는 인간이기 때문에? 아미는 죄책감과 두려움, 불안과 혐오, 좌절로 얼룩진 어둠을 헤치며 선로를 걸어 내려갔다.

204X년, 출생률 감소와 인구 저하로 국가 소멸이라는 위기에 처한 한국 정부는 체외인법을 통과시켰다.

체외인은 인공 자궁에서 태어난 인간을 뜻하는 말이다. 안전하게 제어되는 인공 자궁 시스템 덕분에 인간의 신체 없이도 출생이 가능해진 것이다.

정부는 대한민국 국적을 가진 신체 건강한 성인 남녀에게 정자와 난자를 기증받았다. 생식세포 기증은 법으로 규정된 국민의 의무였다. 유전자 선별과 조작은 엄격히 금지되며 수정은 무작위로 이루어진다. 정부는 전 과정을 투명하게 공개했고 전문가 집단과 시민 참여 그룹을 조직해 의견을 수렴했다.

체외 수정 및 출산은 세계적인 추세였지만 정부 차원에서 국가적으로 시행한 건 한국이 최초였다. 다양한 비판과 우려가 있었지만 아무도 그 필요성을 부정하지 못했다. 법이 시행되고 오래지 않아, 체외인은 사회에 반드시 필요한 존재가 됐다. 생식의 압제로부터 사람들을 해방시킨 것이다. 그러나 이 사실이 사람들을 불편하게 만들었다. 인공적으로 인간을 만들어낼 수 있다면, 인간이란 무엇인가. 가족은 왜 필요한가. 그렇게 만들어진 인간을 인간이라고 할 수 있을까. 그건 제품 아닌가.

체외인에겐 유전적 부모가 존재하지만 기증받은 생식세포를 추적해 부모를 찾는 건 엄격히 금지되었다. 체외인의 부모는 국가이자 시스템이다. 양육 및 교육, 사회화는 정부가 전담한다. 대신 체외인은 생명 전반에 대한 채무를 갖는다. 채무를 변제하는 건 거의 불가능하지만, 완전히 불가능한 건 아니다. 채무가 변제된 체외인은 심사를 통해 일반 국민으로 승격된다.

체외인이 사회의 일부가 된 이후 일반 국민들은 전보다 더 자연분만을 신성시했고 상류층일수록 가족을 중시했다. 체외인은 차별과 배제의 대상이었다. 그들은 자연이 아니라 인공의 산물이었다. 사람들은 체외인의 필요를 인정하면서도 불편한 감정을 지울 수 없었고 불편함은 혐오로 이어졌다.

그러나 육안으로 체외인을 구분하는 건 불가능했다. 실리콘과 합성 섬유, 강철의 품에서 태어났지만 생물학적으로 일반 사람들과 아무런 차이도 없었다. 정부는 체외인을 구분하기 위해 성인이 된 체외인의 오른쪽 손목에 식별 가능한 생체 바코드를 새겼다. 바코드를 조작하는 어떠한 행위도 금지되며 해당 행위가 적발될 시 체외인의 존재는 말소된다. 오직 일반인으로 승격될 경우에만 양육출산부의 주관하에 바코드를 삭제할 수 있었다.

체외인법

제1장 총칙

제1조(목적) 이 법은 체외인의 지위와 처우 등에 관한 사항을 정함을 목적으로 한다.

제2조(정의) 이 법에서 사용하는 용어의 뜻은 다음과 같다.

　　1. "체외인"이란 양육출산부의 주관하에 기증받은 생식세포로 인공적으로 수정, 출생되어 국가 기관에서 양육된 인간을 의미한다.

　　2. "체외인"은 일반 국민과 다른 법적 사회적 지위를 가진다.

　　…

...

...

<u>제2장 체외인의 권리와 의무</u>

...

...

제2조(등록) 성인이 된 모든 체외인은 식별 가능한 전자 바코드를 신체에 부여받는다.

...

제4조(거주 이전의 제한) 모든 체외인은 거주 및 이전은 정부가 정한 규정을 따른다.

2. 유년 시절 / 해는 구름 속에 있다

명예를 박탈당한 인간

아미는 네 살 때 그들이 "집"이라고 부르는 곳이 집이 아니라는 사실을 깨달았다. 아미와 아미의 "가족"은 긴 복도를 따라 수많은 방이 있는 거대한 노출 콘크리트 건물에서 살았다. 아침마다 강당에 모여 국민교육헌장을 외고 점심에는 중정을 지나 급식소로 가고 저녁에는 종례를 하고 교육용 영상을 봤다.

집에서 멀지 않은 곳에 학교가 있었다. 근처 여러 집의 가족들이 학교에서 수업을 들었다.

아미는 또래 중에 가장 일찍 글을 깨쳤고 시간이 나

면 아카이브에서 책을 읽었다. 책에는 언제나 집과 가족이, 엄마와 아빠가 나왔다. 가족은 적으면 세 명, 많으면 열 명이 넘었다. 그러나 아미의 가족처럼 많진 않았다. 아미의 가족은 이백 명이 넘었다.

그 시절, 아미의 이름은 아미가 아니었다. CLR-70-397851이 아미의 고유식별번호였다. 이 번호가 특정 유전자 시퀀스를 암호화한 것이라는 사실은 나중에 알았다. 선생님들은 아미를 시엘이라고 불렀다. 권정현지는 엠오였다.

두 사람은 집을 졸업하고 사회로 방출되기 전까지 늘 함께했다. 성향은 반대였지만 키도 비슷하고 그림체도 비슷한 아미와 현지를 사람들은 자매처럼 대했다.

그들이 열다섯이 된 해.

집의 텅 빈 분리수거장 위로 눈이 내린다.

깨진 병 조각, 플라스틱 용기를 발로 밀어내며 공항으로 향하는 여객기의 소음 아래 서 있는 아미와 현지.

권정현지 가자.

아미   어디를?

권정현지 엄마를 찾았어.

아미   엄마? 생식세포 기증자를 찾는 건 법으로 금
         지되어 있어.

권정현지 하지만 그 사람은 내 엄마야.

아미   그 사람은 난자 기증자일 뿐이야. 난자는 그
         냥 세포고.

권정현지 (어두워진 표정) 그런 식으로 말할 수 없는 뭔
         가가 있어. 혈연관계잖아.

  아미는 유전자를 특정 시퀀스로 이어지는 정보일 뿐
이라고 생각했지만, 친구가 낙담하는 걸 볼 수 없었다.
두 사람은 권정현지의 엄마를 찾아 떠나기로 했다. 그
결정이 그들의 삶에 어떤 파고를 남길지 짐작조차 못
했으므로 실수라는 생각은 하지 못했다.

  흰 눈이 차창 위로 녹아내리는 열차의 6번 칸에 아미
와 권정현지가 앉아 있다. 처음으로 타는 열차, 처음으
로 정해진 지역을 떠나 다른 곳으로 향하는 경험이었고

그때의 기억은 아미의 감각 속에 남아 사라지지 않게 된다. 아미는 그날 이후 한 번도 열차를 타지 않았으므로 승강장의 풍경과 철로를 따라 확장되고 축소되는 시야에 현실감을 부여할 수 없었다. 그러나 감각은 아미에게 반복적으로 덜컹이는 소리와 시큼하고 퀴퀴한 냄새, 현지의 주변으로 몰아치는 바람과 싸라기눈을 불러왔고 터널 속의 어둠이 그들을 통과할 때면 어둠의 농도가 내면에서 조응하듯 소리를 지르고 손을 꽉 잡던 기억을 아미는 잊지 않았다. 그들의 여행은 내면으로 향하는 여정이었다. 목적지가 무겁고 축축한 장막에 가려진 여행, 어둠 속으로 빨려 들어가는 기분, 공포와 설렘, 살결 위를 떠돌며 순간순간 피부 아래로 침투하는 전율이 감도는 여행. 성인이 된 이후 아미는 한 번도 허락받지 않은 여행을 떠나지 않았다. 경계를 넘는 순간 자신의 존재가 소금기둥처럼 무너지리라는 근거 없는 두려움이 체외인의 무의식에 존재했다. 하지만 권정현지는 경계를 넘었다. 본 적도 없는 엄마의 존재가 그녀를 경계 밖으로 밀어내고 끌어당겼다. 둥지가 있는 섬으로 회귀하는 새처럼 현지는 유전자의 근원을 되새겼고 돌아갈 준비를 했다. 현지에겐 그곳이 진짜 집이었다. 그 집이 그녀를 거부할지라도 말이다.

   권정현지의 엄마는 부산 수영구의 일반인 거주 아파트에 살고 있었다. 아미와 현지가 도착했을 때 그녀는 가족과 저녁을 먹고 있었다. 복도에 나와 현지의 이야기를 들은 그녀는 침착하게 고개를 끄덕였고 지금은 곤란하니 2층에 있는 입주민 전용 카페에서 기다리라고 했다. 아미와 현지는 광안대교가 보이는 창가에 자리를 잡았다. 이중창이 바깥세상의 소음을 완벽하게 차단했지만 스피커에서 잔잔히 파도 소리가 나왔고 두 사람은 태어나서 처음 본 바다 위를 부유하는 기분을 느꼈다.
   카페에 자리를 잡은 지 10분이 지나지 않아 생명 경찰이 들이닥쳤다. 그들은 아미와 현지를 손쉽게 잡았고 둘은 즉시 "집"으로 이송됐다. 현지는 경찰에게 반복해서 물었다.
   엄마가 신고한 거예요? 그것만 말해주세요.
   경찰은 현지의 질문에 대답하지 않았다.
   아미는 당연히 그녀가 신고했을 거라고 말했다. 현지

는 고개를 저었다. 아니라고, 우리가 왔다는 걸 듣고 남편이 신고했을지도 모른다. 엄마는 우리를 보러 올 것이라고 했다.

아미는 그녀가 신고한 게 분명하다고 현지에게 말하고 싶었다. 그녀는 엄마가 아니라고, 우리에게 엄마나 아빠 같은 건 없다고. 하지만 말할 수 없었다. 현지의 엄마는 끝내 나타나지 않았지만 현지는 믿음을 버리지 않았다.

호송 차량의 철판에 몸을 붙인 현지는 아미에게 속삭였다. 엄마가 밤새 우리를 기다리고 있을지도 몰라. 카페를 샅샅이 뒤지고 해변으로 나가 내 이름을 부르며 헤맬지도 몰라. 엄마라면 분명히 그렇게 할 거야.

다수의 체외인은 일반인과 동일한 욕구를 느끼고 보통 사람들의 삶에 속하고자 한다.

반면 주어진 자리에 만족하는 체외인도 있다. 그들은 가족을 만들려고 하지 않았고 일반인으로 승격되려고 노력하지도 않는다.

체외인은 경쟁에 노출되지 않는다. 부모의 기대도 없

고 가정을 책임질 필요도 없다. 사회에서 필요로 하는 노동만 하면 평생 살 수 있는 임대 아파트가 주어진다. 높은 직급과 성취를 이룰 수 없고 넓은 집, 빠른 자동차, 가죽 가방이나 캐시미어 스웨터도 없고 아이를 가질 수도, 마음대로 여행을 떠날 수도 없지만 어떤 체외인들은 자신의 삶에 만족했다.

사람들은 주어진 조건을 극복하고 삶을 개척하려는 체외인을 **일인**, 발전에 무관심하고 현재에 만족하며 살아가는 체외인을 **이인**이라고 불렀다.

일반인들은 두 종류의 체외인 모두를 각각의 이유에서 좋아하거나 싫어했고 비판하거나 옹호했다. 체외인의 인권을 주장하는 사람들은 모든 체외인이 일인처럼 노력하길 원했다. 인간성의 증거가 되길 바란 것이다. 체외인을 다른 종류의 인간으로 생각하는 사람들은 현 상태에 만족하는 이인을 보며 안심했다. 이인은 일종의 가축이었고 노예였다. 아무도 입 밖으로 "노예"나 "가축"이라는 단어를 꺼내지 않았지만 웹에는 그들을 팔자 좋은 노예로 지칭하는 게시물이 가득했다.

반대로 모든 인간이 이인처럼 살아야 한다고 주장하

는 급진적인 무리도 있었다. 그들은 자신들의 사상을 뉴 휴머니즘으로 규정했다. 뉴 휴머니스트들은 이인이 야말로 인류의 진보라고 주장했다. 보통의 인간은 문명이 만들어낸 욕망에 굴복했다. 종교, 신분제, 가부장제, 유물론, 자본주의, 사회주의 모두 오류에 불과하다. 이 오류의 근원에 가족이 존재한다. 가족은 모든 사회적 욕망을 생산하는 전초기지다. 그러므로 가족은 뉴 휴머니스트가 타도할 첫 번째 대상이다. "모든 가능한 방법을 동원해 인간을 생식의 압제로부터 해방시키고 양육의 역할을 사회 전체로 확산시킬 것." 가족, 성 역할, 시민, 성공과 실패, 의무와 책임에서 자유로운 인간. 이게 바로 인류가 가야 할 길이다.

3. 오프닝 리셉션 / 밤

선셋대로의 모든 건물

20세기 중반 엘드리지 클리버가 샌 퀸틴 교도소에서 쓴 글들을 읽어봤느냐고 명수가 물었을 때, 철멍은 이 오프닝 리셉션의 누군가를 죽이고 아미에게 미안해 나는 여기까지야, 라고 문자를 보낸 뒤 자결할까 고민 중이었다. 명수는 철멍이 무슨 생각을 하는지도 모르면서 계속해서 자기가 하고 싶은 말을 했다. 내가 보기에 1960년대 흑인민권운동이랑 성 정치가 지금 일어나는 일들을 설명하기 적절한 수단인 거 같거든, 동시대를 분석하기 위해선 과거로 돌아가야 하는 법이지, 어쩌고

저쩌고. 철명은 명수, 이 자식을 죽이고 법정에서 판사가 왜 오랜 친구인 명수 씨를 죽였습니까라고 물으면, 아, 조명이 너무 눈부셔서요 따위를 지껄이고 수감 생활 동안 착실히 일기를 써서 출간하고 인세는 아미 앞으로 남겨두면 어떨까 생각했다.

명수　　너희 아버지 어디 계시니? 축하는 드리고 가려고.

철명은 사람들이 가득한 인터-내셔널 갤러리 한쪽으로 시선을 돌린다.

그곳에 철명의 아버지인 반형태가 있다. 베이지색 슈트를 입고 흰머리를 뒤로 넘긴 그는 일흔 살로 보이지 않는다. 머리칼만 빼면 마흔 살이라고 해도 믿을 정도의 모습이다.

철명은 우울한 얼굴로 그를 바라보다 아미의 문자를 확인한다. 어, 일이 많네……

샴페인을 입에 털어넣는 철명.

철멍   가자.

좌중에 작품을 설명하고 있는 반형태,
그들 곁에는 인공적으로 만든 거대한 지층의 단면이
있다. 반형태가 직접 손으로 만든 작품 중 하나다.

반형태   치통이 있는 사람도, 남아공 출신의 정원사
          도 동등하게 접근 가능하다는 점에서 저는
          인류세의 잠재성을 봅니다…….

뒤늦게 철멍과 명수를 발견한 반형태, 환히 웃으며
두 사람과 포옹한다.
명수가 반형태의 말에 끼어들어 아리스토텔레스에
대해 지껄이고 반형태의 인상이 구겨진다.
명수의 말을 무시하고 하던 얘기를 마무리 짓는 반
형태,
철멍의 팔을 잡아끌고 자리를 옮긴다.

반형태   그래, 엄마는?

철명   엄마는 집에 있죠.

반형태   약은?

철명   (화를 억누르는 표정) 먹었어요.

반형태   잘했다. 여기 사람들 좀 소개해줄까?

철명   아니요. 그것보다 전에 말한 거부터 해주세
       요. 아미 승격 보증서요.

반형태   그 체외인 여자애?

철명   네.

주변 눈치를 살피는 반형태. 사람들이 이야기를 듣기
라도 할까 두려워하는 눈치다.

반형태   걔랑 무슨 사이야?

철명   (고민하는 표정이 스쳐 지나고) 친구예요.

반형태   친구?

철명   체외인 보증 여러 번 하셨잖아요. 아미는 자
       격이 충분해요.

반형태   나한테 거짓말하지 마라.

철명의 얼굴을 뚫어져라 처다보는 반형태.

철명도 반형태의 눈을 피하지 않는다.

반형태　서류는 살펴보마.

철명　　얼른 해주세요. 두 달 넘게 기다렸어요.

반형태　이제 전시 오픈했잖니.

철명을 두고 멀어지는 반형태. 철명은 그의 뒷모습을 보며 젊고 건장하던 시절의 아버지를 떠올린다. 아버지와 어머니, 철명이 함께 LA에 갔을 때 어머니는 알코올 중독이었고 롤스로이스의 뒷좌석에 구역질을 했다. 바이커 갱들은 롤스로이스에 탄 동양인 가족을 조롱하며 차선을 넘나들었고 아버지는 창밖으로 손을 내밀어 중지를 들었다. 반형태는 자신을 백인보다 더 백인이라고 믿었다. 그에게 하층 계급 백인 남성은 남성성에 대한 모욕이었다. 아버지는 철명에게 말했다. 인종차별주의는 성차별주의가 확장된 것이다. 중요한 건 권력을 누가 가질 수 있느냐란다. LA의 VSF에서 열린 전시는 반형태의 커리어에서 결정적인 역할을 했다. 그때 철명은 다섯 살이었고 어머니는 경력을 포기했다. 철멍은 아버지의 말을 되뇐다. 아버지를 욕하면서…….

체외인법

제3장 체외인의 승격 신청과 심사 등

제1조 승격 신청

1. 대한민국 안에 있는 체외인으로 대한민국 국민으로 인정을 받으려는 사람은 법무부 장관에게 승격 신청을 할 수 있다. 이 경우 체외인은 체외인 승격 신청서를 양육출산부의 장에게 제출하여야 한다.

…

..

제3조 승격 인정 심사

1. 제2조에 따른 승격 신청서를 제출받은 양육출산부의 장은 지체 없이 사실 조사를 하고 여섯 명의 심사위원을 소집, 면접을 실시하여야 한다.

2. 심사위원은 대한민국 국적을 가진 이로 이때 성

별 및 지역, 나이 등의 다양성을 고려하여 구성한다.

...

..

제4조 승격 신청 요건 등

1. 체외인으로서의 채무를 다 갚을 용의가 있을 것

2. 품행이 단정할 것

3. 대한민국의 민법에 의하여 성년일 것

4. 대한민국 사회에 보탬이 되는 능력을 보유하고 있거나 경제력이 뛰어날 것

5. 정부가 정한 인적성 검사를 통과할 것

...

..

.

제8조 승격 신청의 제한

법무부 장관은 체외인이 자격을 보유하고 있다고 인정하는 경우에도 다음의 각호 중 어느 하나에 해당된다고 인정할 만한 상당한 이유가 있는 경우에는 제7조 1항에도 불구하고 불인정 결정을 할 수 있다.

1. 국민과 불법적인 성관계를 갖거나 허가되지 않은

체외인의 아이를 임신한 경우

2. 범죄 또는 도덕적으로 상당한 결격 사유가 있는
경우

3. 지정된 구역을 이탈한 사례가 빈번한 경우

4. 건강에 문제가 있거나 건강을 소홀히 한 경우

…

..

.

4. 심야 자율주행버스 / 암갈색 구름 낮게 부는 바람

모두 다 트랙이다… 현대적이고 쿨한…

주홍빛 아래에서……

비어 있는 심야의 운전석을 바라보는 것은 묘한 일이다. 아미는 버스의 뒷좌석에 앉아 있다. 술에 취한 사내가 사타구니에 과자 부스러기를 흘리며 칩을 먹고 간선도로 교각 아래 텐트촌의 피어오르는 연기 속에서 대화를 나누는 체외인 커플의 얼굴 위로 헤드라이트가 지나간다. 옥외 변소, UFO, 결핵 요양소와 중국 도자기 빛깔의 운하. 아미는 시간을 앞서 생각하는 버릇이 있다. 가짜 물길의 냄새와 유전자 편집된 청둥오리가 인간을 공격하고 수백 명의 소년 소녀가 다리를 건너 불타는

도서관으로 진격한다. 혁명, 반체제, 얼터 에고, 평평한
지구…….

아미의 뒤에 앉아 있는 남자가 고개를 숙여 아미에게
말을 건다.

애드   저기요.

깜짝 놀라는 아미,
왼손을 주머니에 든 스턴건으로 가져가며 경계 가득한
눈으로 애드를 쳐다본다.

애드   놀라게 했다면 죄송해요. 붐랜드에서부터 봤
        어요.

애드를 아래위로 훑는 아미, 그를 스치듯 봤던 기억
을 떠올린다.
길쭉하고 마른 얼굴에 날카로운 콧날을 가진 그는
파충류처럼 차가운 눈을 가지고 있다.

애드   저도 오늘 디제이가 마음에 안 들었거든요.

대답 없이 잠자코 그를 바라보는 아미,
애드도 아미의 시선을 피하지 않는다. 당황하지도 수줍
어하지도 않고 불편할 정도로 빤히 보거나 의도를 드러
내지도 않는다. 물 빠진 겨울의 수영장 주변을 걷는 것
처럼, 발을 헛디디지 않을 정도로 주의를 기울이며,

애드   제가 아는 식당이 있거든요. 늦게까지 하는.

아미는 고개를 끄덕인다. 기분 좋은 긴장감으로 살짝
떨리는 아미.
애드는 미소 짓는다. 무표정할 때와 달리 멍청하고
무방비한 미소다.

5. 소피아타운의 다이너 / 동트기 전의 어둠

**하나의 기계가 계속해서 죽은 자들로부터 산 자들을
생산해내는 동안, 다른 기계는 산 자들로부터 죽은 자들을
생산해낸다[01]**

애드는 체외인이다. 그는 전형적인 이인이다. 삶이 나아지거나 변할 거라고 기대하지 않는다. 미래를 계획하지 않고 준비하지도 않는다. 하루하루를 살고 주어진 것에 만족한다. 그의 욕망을 실현시켜줄 요소는 많다. 적은 돈으로도 가능하다. 미쉐린 투 스타를 받은 용산의 파인다이닝은 갈 수 없지만 주말에 축구 경기를 보고 퍽퍽하고 차가운 핫도그를 먹으며 지하철에서 친구와 큰 소리로 구단주를 욕할 수 있다. 싸구려 헤드폰을 쓰고 나트륨 폭탄인 일회용 면 요리를 먹으며 한 신

에 수십 명이 죽어나가는 폭력적인 드라마를 볼 수 있고 주유소에서 일하는 친구와 붐랜드에서 곧게 뻗은 다리를 가진 체외인 여자를 만나 스리섬을 할 수도 있다. 아무도 애드를 비난하지 않는다. 애드가 체외인으로 남아 있다면, 그의 직업인 경비원을 계속한다면, 인간을 상대로 범죄를 저지르지 않는다면 사람들은 그가 어떻게 살건 신경 쓰지 않는다. 애드는 부산의 집에서 양육됐고 거제 신항의 물류 창고에서 일했다. 구역을 서울로 배정받은 건 5년 전의 일이다. 거제 신항의 체외인 일부가 봉기를 일으켰기 때문이다. 봉기의 주동자들은 수감되거나 사형을 선고받았다. 해당 체외인 구역의 다른 체외인들에게도 조치가 내려졌다. 불순한 사상에 전염되었을 수 있다는 이유로 전국 각지로 찢어놓았다. 애드는 인적성 검사를 높은 점수로 통과했기 때문에 서울로 배정됐다. 그는 양육출산부가 원하는 종류의 체외인이었다. 애드는 함께 자란 체외인들이 특수 진압대의 곤봉에 피를 흘릴 때도 사무실 컨테이너에서 꼼짝하지 않았다. 해무 속에서 항구의 불빛이 떨리고 있었다. 애드는 잔치 국수를 먹고 연초를 태우며 진압 현장을 바라보았다. 검은 물 속으로 가족들이 하나둘 사라졌고 수사관이 컨테이너에 남은 직원을 불러 모았다. 애드는 강판에 무릎을 꿇고 고개를 숙였다. 총소리, 비명 소리, 파도 소리. 바리케이드가 무너지고 불꽃이 번쩍였다. 도망가려 올라탄 배에 포탄이 떨어졌고 화염재가 바닷바람을 타고 날아와 애드의 무릎 위에 내려앉았다. 애드는 잠자코 있었다. 유기화학물로 가득한 합성 피부막 속에 열 달 동안 있었던 때처럼 조용히 그 자리에 있었다.

　소피아타운의 다이너는 홍제천에 면해 있는 24시간 식당이다. 피시 앤 칩스로 유명한 이곳은 돈이 없는 학생, 서민, 체외인이나 낮과 밤을 바꿔 일하는 사람들이 애용하는 곳이었지만 독특한 분위기와 푸짐한 양, 건강 따위는 생각하지 않는 기름진 맛으로 유명해졌다. 인플루언서들은 밤늦은 시간 다이너에 방문해 해시 포테이토 한 조각의 절반을 먹고 인증샷을 찍고 돌아간다. 장식용 팬이 밤새 회전하고 홍제천변에는 변절한 민주당원들이 조깅을 하고 제로제로콜라 잔에서 얼음이 녹으며 찌-직 소리가 난다.

아미는 애드의 삶에 대해 들으며 유년 시절 체외인
가족인 숨베르를 떠올린다. 그는 서해의 조개구이 집에
서 일한다. 못 본 지 10년은 됐다.

애드와 아미는 창가 자리에 앉아 여섯 병의 맥주와
피시 앤 칩스, 소피아 피자, 타운밀크셰이크를 먹었다.

아미   저는 내일 아침 시체로 발견될 거예요.

애드   왜요?

아미   (손가락으로 테이블의 먹고 남은 흔적을 가리킨다)

애드   승격 준비 중이에요?

애드가 기름이 묻은 중지를 입으로 쭉 빨아당기며 말
한다. 그 모습이 지저분하지 않고 자연스럽다. 아미는
핸드폰을 확인한다. 철멍에게선 연락이 없다. 지금쯤이
면 잠들었을 것이다. 내일 아침 수영을 가려면 일찍 자
야 되니까.

아미   집이 근처라고요?

애드   바로 뒤예요.

아미   임대 아파트? 원룸? 투룸?

애드   원룸입니다. 낡았지만 깨끗해요.

애드가 말한다.

아미도 임대 아파트가 어떤지는 잘 안다. 그녀는 높은 성적 덕에 좋은 위치의 새 임대 아파트에서 사회생활을 시작했지만 그래도 처음 배정받는 집의 구조는 모두 동일하다. 아미가 지금 사는 곳은 그녀의 직장에서 마련해준 고급 오피스텔이다. 평범한 체외인은 받을 수 없는 혜택이다.

아미   가요.

애드   네?

아미   그쪽 집으로 가자고요. 싫어요?

애드   좋죠. 엘리베이터가 고장 났는데 괜찮아요?

아미   몇 층이에요?

애드   17층이요.

아미   씨발…….

아미가 애드의 아파트 계단을 오르며 창밖을 본다.

탁한 암갈색 구름이 도심으로 이동하고 남서쪽 외곽의 발전소에서 연기가 솟아오른다.

같은 시각, 홍제동에서 편의점을 운영하는 체외인 두선자 씨(41)의 가게에 두 명의 십대 소년이 들어온다. 일반인인 그들은 한참 편의점 물건을 뒤적이며 떠들더니 홈런볼과 컵라면 두 개, 맥주 세 캔, 소주 한 병을 들고 나가려고 한다. 두선자 씨가 계산을 하라고 그들을 붙잡자 십대 소년들이 욕을 퍼붓는다. 좃같은 고아 년이 지랄이야, 병신 삽질하고 있네…… 다툼이 일어나고 두선자 씨는 두 소년을 당할 재간이 없다. 두 소년은 편의점 앞에 세워둔 오토바이에 올라탄다.

두선자 씨는 카운터 뒤에 숨겨둔 권총을 들고 나온다. 두선자 씨가 발포를 하자 오토바이를 탄 소년은 놀라서 핸들을 비틀고 오토바이는 도로에 주차된 차를 들이받는다. 요란한 경보음이 밤하늘을 찢어놓는다. 떨리는 손으로 권총을 붙잡고 있는 두선자 씨에게 정신을 차린 소년 동호가 다가온다. 그의 친구는 도로에 널브러져 경련을 일으킨다.

두선자 씨는 경고성 발포를 한다. 하지만 동호는 계속 다가온다. 두선자 씨가 다시 총을 쏜다. 동호가 쓰러진다. 총소리를 듣고 거리로 나온 사람, 창밖으로 고개를 내민 사람들이 그 광경을 본다. 10분도 안 돼 구급차가 요란한 소리를 내며 사건 현장으로 달려온다. 그 사이 두선자 씨는 일반인들에게 둘러싸여 구타를 당하고 편의점 유리창은 산산조각 나고 상품들은 바닥에 흩뿌려지고 짓이겨진다. 분노한 체외인 무리가 바리케이드를 세우고 대치한다. 긴 궤적을 남기며 사라지는 사이렌 소리, 벽에 반사되는 경광등, 경찰 특공대가 바리케이드를 밀고 들어온다. 사람들의 함성 소리가 추위 속에 울려 퍼지고 연이어 터지는 따스한 빛의 조명탄이 어둠을 쫓아낸다.

잠에서 깬 아미가 담요로 몸을 가리고 창가에 서서 밖을 내다본다. 건너편 임대 아파트의 한 동을 급습한 경찰 특공대의 움직임이 계단 복도를 따라 선명히 보인다. 창문이 깨지고 누군가 추락한다. 그 순간 잠깐 사위는 고요하다. 그림자 속으로 추락자가 모습을 감춘 뒤 소요는 다시 시작되고 사거리의 모든 차로에서 응급 차량이 몰려온다. 붉고 푸른 조명이 파도처럼 도시를 뒤덮고 탈주자들이 골목을 따라 달린다. 임대 아파트의 꼭대기 층에 사는 남자가 100인치 TV를 창밖으로 던진다. 옥상에서 로프를 탄 경찰 특공대가 창문을 깨고 들어가 남자를 진압한다.

두선자 씨가 탄 호송차 위로 흰 눈이 내린다. 인왕산을 가로질러 이동하는 경찰차들, 재난 문자와 SNS, 뉴스 속보가 사람들을 잠에서 깨운다. 두선자 씨는 고가도로 아래로 도시가 일어나는 모습을 본다. 그녀는 수갑이 채워진 두 손을 내려다본다.

소요가 진정되고 난 뒤 아미와 애드는 임대 아파트 밖으로 나온다.

부서진 차들의 잔해가 도로 위를 굴러다닌다. 깨진 보도블록과 덜렁거리는 주유소 간판, 점멸등 아래 길고 무거운 외투를 끌고 다니며 쓸 만한 물건을 찾는 체외인 노숙자, 일과를 마친 대리운전 기사가 아무 일 없었다는 듯 전동휠을 타고 사거리를 가로지른다.

아미가 부른 우버가 아파트 입구 쪽에서 좌회전을

한다.

애드   또 볼 수 있을까요?

아미는 애드에게 웃어 보이려 하지만 잘 되지 않는다. 그의 손을 쥐었다 놓고 우버에 올라탄다. 멀어지는 우버를 눈으로 좇는 애드는 파양된 이구아나처럼 생겼다. 검은 시트에 몸을 묻자 미소가 나오는 아미. 그러나 기쁘지 않고 두려울 뿐이다. 그녀는 자신의 삶도 세계도 갈 곳을 잃었다고 생각한다. 문제를 해결하면 더 큰 문제가 따라온다. 우리는 악몽을 업데이트하고 있다.

6. 뉴 휴머니즘 사회의 원칙들 / 검고 반투명한 거울
우리의 가상은 최선인가?

06

새로운 사회는 성 활동과 생식 활동의 전적인 분리를 선언하고 요구한다. 어떠한 관계도 생식 행위로 이어져서는 안 된다. 생식은 신체 또는 기계 등 어떠한 수단이든 자유롭게 선택되어야 한다. 이러한 재생산 행위에서 재생산된 신체나 신생아는 부모 자식의 유대를 확립해서는 안 된다. 새로 태어난 모든 신체는 뉴 휴머니즘 교육을 받을 권리를 가진다.

011

새로운 사회는 생산, 재생산, 소비의 단위이자 지구 파괴의 단위인 가족을 해체할 것을 요구한다. 짝(즉 구별된 성을 가진 개인들이 한 명보다는 많아야 하고 세 명보다는 적은 개별 집단)을 지은 성적 관행은 이성애 중심 체계의 재생산 및 경제적 목적에 의해 조건 지어진다. 질적(이성애)이고 양적(두 명)인 육체적 관계의 성 정상화는 뉴 휴머니즘의 역–실천 및 개인적, 집단적 실천을 통해 체계적으로 전복되어야 하며, 이는 자유롭게 분배된 뉴 휴머니즘 이미지와 텍스트(뉴 포르노그라피 문화)에 의해 가르쳐지고 촉진되어야 한다.[02]

7. 노들섬 문화체육센터 수영장 / 아침 해가 수면 위로

지난밤에 퓨마 울음소리 들었어요?

철명은 밤새 연락이 없던 아미의 소식이 궁금했지만 따로 연락하진 않았다. 일 때문에 힘들 텐데 스트레스를 줄 순 없었다. 아버지는 새벽에 들어왔고 어머니의 방에는 얼씬도 하지 않았다. 철명은 밤새 잠을 설쳤지만 6시에 일어났고 수영장에 도착했다. 아침 수영은 철명에게 중요한 리추얼이다. 명수가 그보다 먼저 도착해서 수영을 하고 있었다. 철명을 발견한 명수가 레일에 팔을 걸치고 물었다.

명수   봤어?

철명   뭘?

명수   아날로그맨. 오늘도 왔어.

철명과 명수와 같은 시간에 수영장을 이용하는 사내를 그들은 아날로그맨이라고 불렀다. 아날로그맨은 수동 기어 자동차를 몰고 내비게이션을 사용하지 않고 다이얼 전화기를 쓰고 도시 텃밭에서 직접 재배한 농작물을 먹는다. 왜 그렇게 사냐고 묻는 철명에게 아날로그맨은 준비 중이라고 대답했다.

블랙아웃을 대비하고 있는지라.

언젠가 인류는 문명 이전으로 돌아갈 것이다. 전력이 끊기고 어둠이 찾아오면 우리는 손과 귀와 눈의 능력을 다시 필요로 할 것이다.

일상의 영역에 함께하는 인간에게 이런 광기가 있다는 사실이 철명에겐 놀랍다. 겉으로 보기에 아날로그맨은 멀쩡하다. 군살 하나 없는 근육질 몸매와 굵고 호탕한 웃음소리, 속도가 빠르고 논지가 명확하며 디테일이 풍부한 그의 보도는 정평이 나 있다(아날로그맨은 유명한 저널리스트다). 그런 그가 알고 보니 아포칼립스를 기다리는 두머리스트(doomerist)인 것이다.

수영을 끝낸 철명은 샤워실에서 유전자 주사를 팔에 놓는다. 그는 10년 전 근위축성측색경화증 진단을 받았다. 루게릭병으로 알려진 이 질환은 과거에는 불치병이었으나 지금은 합성 신경보호 유전자를 통해 제어가 가능하다. 다만 신경보호 유전자의 지속력이 약해 3일에 한 번씩 주사를 놓아야 한다. 이 값비싼 유전자 주사가 아니었으면 철명은 사지가 마비된 채 눈알만 굴리며 이십대를 보내고 삼십대에 이르러 죽음을 향해 빠르게 다가갔을 것이다.

철명은 지속 기간이 영구적이라고 할 만큼 긴 인공 유전체의 개발이 임박했다는 뉴스를 봤지만 두려움이 앞선다. 부작용은 없을까. 유전체가 교체되면 나의 개성을 유지할 수 있을까. 나는 무엇을 기준으로 규정될까. 이런 고민은 기우나 헛소리에 지나지 않을지도 모르지만 철명은 생각을 떨칠 수 없다. 나라는 개체를 특별하게 여기는 건 의식의 우스꽝스러운 망상이다. 자아는 신경증에 불과하다.

주사를 놓고 멍하니 있는 철멍에게 아날로그맨이 다
가와 말을 걸었다.

아날로그맨   두선자 씨 뉴스 봤어요?

철멍   체외인 폭동이요?

아날로그맨   본질은 그게 아니죠.

철멍   …….

아날로그맨   체외인 사업은 파기해야 됩니다. 모두
            에게 잘못된 거예요.

철멍   어떤 점이요?

아날로그맨   사람은 사람의 몸에서 태어나야죠. 가
            장 근본적인 원칙을 지키지 않으면
            모든 게 뿌리에서부터 썩어 들어갈
            거예요.

철멍   체외인을 혐오하시나 봐요?

아날로그맨   그들 개인을 혐오하진 않아요. 저는
            좌파입니다.

철멍   …….

아날로그맨이 탈의실을 나가자 명수가 다가온다.

명수   나도 좌판데. 중도 좌파.

철멍   꺼져.

명수   아버님한텐 승격 보증 말했어?

철멍   하고 싶은 말이 뭔데?

명수   조심하라고. 너 이용당하는 걸지도 몰라.

철멍   뭐?

명수   체외인 여자들이 승격하려고 일반인 이용한
         다는 소문 못 들었어?

명수의 말에 철멍의 인상이 구겨진다. 명수와 오랜
친구 사이지만 철멍은 시간이 갈수록 그와 맞지 않다고
느낀다. 그가 하는 말 대부분이 철멍의 신경을 건드린
다. 명수는 그 사실을 모르는 듯 철멍에게 가감 없이 자
신의 생각을 말했다. *평등은 망상이지. 계급은 자연적
인 거야, 우리는 질서와 안정을 위한 관용의 태도를 가
지면 되는 거고. 그걸 복지라고 하는 거야.*

명수는 스스로를 현실적이고 융통성 있는 사람으로
여겼다. 대세에 순응하고 가족과 지인을 챙기며 때때로

미식과 레저를 즐기면 그만인 사람. 그는 작년에 인력자원위원회 산하 스마트직능본부로 발령받았고 오랜 연인과 결혼했다. 명수의 와이프는 자연분만으로 아들을 출산했다. 명수에게 특별한 목표나 야심은 없다. 승진이나 실적은 관심 밖이다. 최대한 오래 근무하기, 현실에 안주하기. 지금 같은 세상에 자식을 낳고 키우는 건 선택받은 사람들만이 할 수 있는 일이었으므로, 그것만 평탄하게 이뤄진다면 더 바랄 게 없었다. 사람에겐 각자 주어진 위치가 있고 그 위치를 잘 지키는 것이 우리가 할 일이다.

철명은 명수의 생각이 불편했다. 뭐가 그렇게 불만이냐고 물으면 명수의 현실 인식과 자신의 현실 인식이 다르기 때문이라고 설명할 것이다. 철명은 명수가 현실을 선험적인 것으로, 적응해야 하는 것으로 얘기하는 걸 참을 수 없었다.

명수　　뉴스 봤어?

철명　　두선자 씨?

명수　　어. 체외인 폭동.

철멍   본질은 그게 아니래.

명수   본질이 뭔데?

철멍   글쎄…….

명수   꼭 대안도 없는 놈들이 본질 타령이지. 눈앞
     에 있는 일이나 해결하라 그래. 체외인 사업
     폐기하면 노동 인구는 어쩔 건데. 사람이 있
     어야 사회가 존재할 거 아니야?

철멍   다른 방법이 있을지도 모르지…… 정자 기증
     은 했어?

명수   했지. (웃으며) 운 좋은 놈이 또 하나 태어나
     겠네.

　철멍은 탈의실에 멍하니 앉아 생각했다. 어떤 일이
진실인지 아는 것보다 진실이 어떤 일인지 아는 것이
중요하다. 만약 이 세상에 아직도 영혼이라는 게 존재
한다면 자신들이 얼마나 미움받고 있는지 깨닫고 집단
자살할 거야.

8. 노르다 코드브레이커스

서울 지사 사옥 / 바람이 잦아들고

다능성 인간 배아줄기세포의 정제 표본:

미국 특허번호 6,200,806

아미가 일하는 랩2540의 풍경.

4층에 위치한 랩2540은 일반적인 연구실과 유사한 내부 인테리어를 가지고 있지만 비투과성 유리로 차폐되어 밖에서는 보이지 않는다. 연구원들은 농담을 주고받는 걸 좋아하지 않고 죽상을 하고 앉아 세계 멸망 따위의 회의주의에 빠지는 것도 좋아하지 않는다. 그들은 자칭 투명한 사람들이다. 사태를 객관적으로 바라보고 질문하고 실험한다. 우리가 해도 되는 일과 해서는 안 되는 일의 경계는 어디인가…….

랩2540은 합성 배아를 연구한다. 합성 배아는 난자 또는 정자 없이 줄기세포만으로 만들어진 인간 배아를 뜻한다. 초기 연구는 2023년 중국의 과학자들이 게잡이원숭이의 배아줄기세포에서 배양한 배반포 유사체를 대리모 원숭이의 자궁에 이식한 것이었다. 이후 이스라엘 연구진이 초기 상태로 재프로그래밍한 인간의 배아줄기세포에 화학물질을 첨가해 인간 배아 모델을 합성해냈다.

합성 배아는 격렬한 논쟁을 불러 일으켰지만 최종적으로 합성 배아를 인간으로 볼 수 없기 때문에 연구 가능하다는 결론이 났다. 하지만 법적, 윤리적 결론과 달리 과학적으로 합성 배아를 인간으로 만들어내는 데에는 오랜 시간이 걸렸다. 그 과정에서 인간과 유사하지만 인간으로 볼 수 없고 생명이지만 살아 있다고 말할 수 없는 존재가 무수히 탄생했다.

랩2540은 합성 배아의 출시를 눈앞에 두고 있다. 인공 자궁에 착상된 합성 배아는 91퍼센트의 확률로 성장에 성공했다. 이제 배출만 한다면 그들이 자라는 모습을 볼 수 있다. 연구진은 그들을 합성인으로 부르기로 잠정적으로 합의했다.

합성인은 체외인보다 더 급진적인 존재다. 법적으로 이들은 인간이 아니다. 그러니 합성'인'은 사실 잘못된 명명이다. 그렇다면 무엇이라고 불러야 되는 걸까. 뭐가 됐든 그들이 인간뿐만 아니라 체외인에게 도움이 될 거라고 아미를 비롯한 랩2540의 연구진들은 믿는다. 체외인으로 인한 혼란은 더 이상 없을 거라고 말이다. 하지만…….

아미는 누군가 자신을 찾아왔다는 경비실의 호출을 받고 랩을 나선다. 아미의 손님은 노르다의 중정에 있는 아이스링크에서 아미를 기다리고 있다.

회사에 아이스링크를 만든 건 CEO인 리젠쿠이의 아이디어다. 그는 뉴욕 록펠러센터의 20세기 말 겨울을 상상했다. 크리스마스트리 위로 눈이 내리고 부모를 기다리는 아이들이 스케이트를 타고 서로가 낯선 어리숙한 연인이 데이트를 하는 곳. 리젠쿠이의 바람대로 아이스링크는 화제를 모았고 노르다의 직원뿐만 아니라 일반인도 애용했다.

권정현지는 아이스링크 왼편 카페 테라스에 앉아 있다. 아미는 현지를 보고 멈칫한다. 반가운 미소를 지어야 할지 화를 내야 할지 몰랐기 때문이다. 권정현지는 겉감이 울로 된 두툼한 진회색 패딩을 입고 있다. 오른손 검지를 다친 듯 붕대를 하고 있었는데, 아미가 쳐다보자 손을 살짝 숨긴다. 현지는 아미에게 미소 짓는다. 하지만 그 미소의 의미는 반가움도 친근함도 아니다. 씁쓸함에 가까웠고 시간과 운명의 궤적에 속박된 사람들이 짓는 소규모의 항거처럼 순식간에 자취를 감춘다.

아미　　　어떻게 왔어?
권정현지　내가 오는 게 불편해?
아미　　　갑자기 잠수 탄 건 너야.
권정현지　그럴 일이 있었어. 너는 이해 못할 일.

　　권정현지가 패딩 지퍼를 열어 배를 보여준다. 그녀는 임신 8개월이다. 아미는 무의식적으로 주변을 둘러본다.

권정현지 누가 볼까 무서워?

아미 　　어떻게 된 거야? 왜 말 안 했어? 누구 앤데?

권정현지 일반인 애는 아니야.

아미 　　허가는 받았어?

권정현지 허가를 왜 받아야 돼? 내 몸이야.

아미 　　그런 문제가 아니잖아. 법으로 금지되어 있
　　　　으니까 하는 말이지.

권정현지 이런 걸로 다투려고 온 거 아니야. 니가 해줄
　　　　일이 있어.

테이블 아래 내려둔 백팩을 열어 폴리우레탄 소재의
검고 네모 난 케이스를 꺼내는 권정현지. 손바닥만 한
크기의 케이스다. 현지가 건네는 케이스를 얼떨결에 받
아 드는 아미.

아미 　　뭐야?

권정현지 (주위를 잠시 둘러보고) 열어봐.

아미가 케이스의 지퍼를 연다. 케이스 안에는 사람의

검지가 들어 있다. 놀란 아미가 얼른 케이스를 닫는다.

권정현지 내 손가락이야. 그걸 가지고 내가 알려주는
    셀프 스토리지로 가. 락을 열려면 등록된 사
    람의 신체가 필요하니까 손가락을 써야 할
    거야.

아미는 치밀어 오르는 구토를 겨우 참는다. 손에 들
린 케이스의 감촉이 피부처럼 느껴진다. 현지의 눈빛은
정상이 아니다.

권정현지 나는 당분간 숨어 지내야 돼. 스토리지 안에
    있는 자료를 보고 사람들을 찾아줘. 그치만
    용기가 안 나면 자료는 파기해. 널 탓하진 않
    을게.
아미   무슨 소리야. 알아듣게 얘기를 해.
권정현지 가보면 알 거야.

권정현지가 자리에서 일어난다. 아미도 따라 일어난

다. 권정현지가 아미의 곁으로 다가온다. 움찔하는 사이 아미를 포옹하는 권정현지. 아미는 현지의 몸에서 나는 옅은 탠저린 향을 맡는다. 현지의 단단하고 커다란 배가 아미의 배를 지그시 누른다. 두 사람에게 속한 시간이 뉴런 속에 박제되고 심리적 간격은 아이스링크의 소음 속으로 침몰한다. 아미는 친밀한 어둠 속으로 하강하는 어지러움을 느낀다.

아미   너한테 연락하려면 어떻게 해?
권정현지 연락하지 마. 내가 연락할게. (잠시 텀) 손가락은 다음에 볼 때 돌려줘.

9. 독산 와타나베 거리 / 잿빛 스카이라인

저들이 누군지 알아?

골목을 가로지르는 권정현지의 그림자가 24시간 켜져 있는 슐라미스 커피의 샛노란 에어간판 불빛과 부딪치며 눈 녹은 거리 위로 어른거린다. 퓨마를 닮은 사내들이 가로등 아래로 둥글고 흰 눈 뭉치를 내민다. 사산된 일곱 태아의 울음소리가 들리는 빌딩 숲을 지나 소외된 사람들을 위한 안가로 향하는 권정현지는 합성 음성의 낭독을 기억한다. 기억에서 달아나려고 할수록 점점 뚱뚱해질 거야. 가족 구조가 억압의 원천이기 때문에 당신이 원하는 것은 영원한 수수께끼로 남습니다.

퓨마를 닮은 사내들이 조금씩 다가온다. 권정현지의 안가는 멀지 않다. 권정현지를 돕는 사람들은 국경 너머에서 태어났고 미용실을 가지 않아 머리 모양이 엉망이다. 내가 아주 어렸을 때 우리는 줄을 서서 차례를 기다렸어, 한 사람 한 사람, 발아래 떨어진 자기 머리칼을 주워 자리로 돌아갔지. 권정현지는 아버지를 찾고 있었다. 우리는 오직 하나의 아버지를 공유하기 때문에 다시 집으로 돌아갈 것이다. 젖은 눈과 머리칼을 들고 구멍 난 야간 분만실로 하나씩 사라질 것이다.

10. 랩2540 / 윙윙대는 백색 소음
코끼리는 절대 암에 걸리지 않는다

아미는 권정현지의 손가락이 든 케이스를 들고 자리로 돌아왔다. 셀프 스토리지의 락은 DNA와 신체 상피 조직을 동시에 검증하는 방식으로 작동하는 모양이었다. 지문만으로는 보안을 확신할 수 없는 세상이다.

그래도 그렇지 손가락이라니. 아미는 징그러운 물체라도 되는 듯 케이스를 서랍 안에 얼른 집어넣었다. 하지만 곧 생각을 고쳐먹고 가방 안에 쑤셔넣었다. 현지는 과격한 면이 있지만 충동적으로 행동하는 타입은 아니었다. 현지의 극단성은 논리적 귀결이었다. 그 논리가 보통 사람의 눈에는 저세상 논리인 게 문제였지만 말이다.

현지는 체외인의 행위에 제한을 가하는 법규 대부분을 거부했다. 가끔은 어떤 행동을 하는 이유가 정말 그 행동을 하고 싶어서인지 아니면 단지 정해진 규칙을 어기고 싶어서인지 헷갈릴 정도였다. 그와 달리 아미는 겉으로는 정도를 따랐다. 사회가 부과한 형식을 충실히 수행했다. 아미는 물밑에서, 보이지 않는 곳에서 규칙을 어겼다. 아무것도 믿지 않았기 때문에 그렇게 할 수 있었다. 법이나 도덕, 윤리는 모두 인위적인 허상이다. 시스템의 원활한 작동을 위해 존재하는 것뿐이다. 그렇기 때문에 옳고 그름을 따질 이유가 없다. 복종하면 된다. 선을 넘는 행위는 시스템의 여백에서 이루어진다. 철통같은 시스템에도 여백은 있기 마련이다. 철저함은 여백이 있어야 제대로 작동될 수 있다. 아미는 그 속에서 본인이 원하는 바를 충분히 누렸다. 하지만 권정현지는 아미와 달랐다. 권정현지는 배운 것을 진심으로 믿었다. 사회에서 가르치는 도덕과 윤리를 내면화했고 그래서 배신감을 느꼈다. 왜 그들은 가족을 사랑하라고 말하면서 내가 진짜 가족을 찾으려고 하면 그걸 막는 걸까. 하느님이 모두를 사랑하라고 말한다면서 정말 모두를 사랑하면 미친 사람 취급하는 걸까. 왜 헌법에 보장된 권리를 모두에게 적용하지 않는 걸까.

그건 단지 말일 뿐이야.

아미는 말했지만 현지는 납득하지 않았다. 그런 말이 존재하는 건 그게 옳기 때문 아니야?

머릿속에선 그렇지.

무슨 뜻이야?

개념적으로 그렇다는 말이야…….

아미가 말했다. 현지는 도리질 쳤다. 그렇다면 그런 말을, 도덕을 만들지 말았어야지. 체외인에게 인권과 가족, 국가에 대한 교육을 하지 말아야 했어. 사람들이 사는 세상에 우리를 포함시키지 말아야 했어.

우리는 그들이 필요해서 만든 사람이야.

일반인의 아이도 마찬가지지.

그들은 달라.

뭐가 다른데?

그들은…… 사랑으로 태어난 애들이잖아.

이제 와서 그걸 믿는 거야? 사랑 때문에 애들을 낳았다고?

내가 말하는 사랑은 진심으로 그들이 사랑하고 원한다는 의미가 아니라 그들이 사랑의 결실이라는 개념을 믿고 유통한다는 의미야.

무슨 말인지 이해 못하겠어.

이해하려고 하지 마. 그냥 받아들여. 우리는 질문하면 안 돼. 따지면 안 돼. 받아들여야 돼. 우리가 할 수 있는 건 그것뿐이라고.

너는 그게 돼? 미안하지만 나는 안 돼. 그렇게 차갑고 냉정하게 행동할 수 없어.

나도 어려워.

그렇게 살 거면 안 사는 편이 낫지.

그래도 좋은 일이 있잖아. 누릴 수 있는 게 있고.

동냥처럼 주어지는 임대 아파트와 계약직 일자리? 평생을 갚아도 갚지 못하는 빚?

그것도 못 가진 사람이 있어. 일반인 중에 우리보다 더 힘든 사람도 있잖아. 그 사람들은 혜택도 못 받는다고.

너는 그걸 믿어? 실제로 그런 사람을 봤어? 청소하는 사람, 주방에 있는 사람, 카운터에 있는 사람 중에 일반인을 본 적 있냐고? 모두 체외인이지.

체외인이 꼭 그런 일을 하는 건 아니야.

너는 그런 일을 안 하니까, 아미. 너는 그런 일을 안 할 거니까. 그래서 그런 말을 하는 거지.

아미는 랩에 앉아 기억 속에 남은 현지와의 대화를 복기했다. 일에 집중할 수 없었다. 현지와 함께 보낸 수십 년의 세월이, 그와 나눈 대화들이 머릿속에서 휘몰아쳤다. 현지는 이렇게 말했지, 현지라면 이렇게 말하겠지, 나는 이렇게 말했을까. 내가 한 말들을 나는 정말 믿는 걸까. 현지처럼 살아선 안 돼, 그건 스스로를 망치는 길이야. 하지만 그럴지라도 그게 정말 잘못된 일일까. 우리는 스스로를 망가뜨릴 권리도 없나. 삶의 목적이 꼭 생존이어야 하나. 정리되지 않은 생각들이 둑을 부수고 흘러넘쳤다. 아미는 내면의 소란을 멈추기 위해 자리에서 일어나 명상센터로 향했다.

11. 명상센터 콴 / 인공 녹음

그리스어 테크네는 인공적인 생산과
자연적인 발생 모두를 지칭한다

명상센터 콴은 아이스링크와 마찬가지로 리젠쿠이의 제안으로 만들어졌다. 리젠쿠이는 콴에서 매일 아침 저녁 20분씩 명상을 한다. 그는 아주 어린 시절, 심지어 체외인 시절부터 명상을 한 것으로 알려져 있다. 그러니까 최소 40년은 명상을 해온 것이다. 리젠쿠이는 명상이 자신의 커리어에 가장 큰 영향을 끼쳤음을 강조한다. "만약 모든 사람이 매일 명상을 한다면 인류는 지구 온난화를 극복할 수 있습니다."

명상센터 콴은 원칙상 모든 사람에게 열려 있지만 가

장 안쪽에 있는 콴 제로는 오로지 리젠쿠이만 사용할 수 있다. 아무도 리젠쿠이가 명상을 하는 걸 직접 볼 수 없었다. 리젠쿠이는 명상을 할 때 땅에서 30센티미터가량 떠오르기 때문에 그를 보면 안 된다는 소문이 있었지만 아미는 믿지 않았다. 랩 동료인 김은호는 과학자라고 무조건 신비를 거부해서는 안 된다고 아미에게 충고했다. 하지만 아미가 리젠쿠이의 공중 부양을 믿지 않는 건 중력의 법칙 때문이 아니었다. 소문의 메커니즘이 아미에게 비판적 거리를 두게 했다. 체외인 1세대로 태어나 세계적인 천재로 주목받고 체외인 최초로 일반인으로 승격된 한국을 대표하는 테크기업 CEO 리젠쿠이의 삶은 전설이었다. 리젠쿠이는 체외인판 아메리칸드림이었고 사람들은 모든 체외인이 그와 같은 퍼포먼스를 보여주길 원했다. 성공한 체외인은 체외인 차별이 없다는 걸 증명한다. 리젠쿠이는 한국은 신분 이동이 자유로운 국가라는 걸 보여주는 상징이었다.

아미에게 리젠쿠이는 상징이나 전설이 아니라 바로 곁에 있는 사람이었다. 아미가 처음 두각을 나타낼 때부터 리젠쿠이는 후원자 역할을 했다. 유학 시절 철명을 처음 만난 아미는 철멍의 아버지인 반형태가 리젠쿠이의 승격 보증인을 했다는 사실을 알게 됐다. 철멍과 반형태는 리젠쿠이와 진짜 가족 같은 사이였다. 그러므로 철멍이 아미의 승격 보증을 아버지에게 부탁한 건 자연스러운 일이다. 하지만 반형태의 입장에서 리젠쿠이와 아미는 달랐다. 리젠쿠이는 그와 유전적으로 연관될 가능성이 없다. 그러니 대안 가족이건 가족 같은 사이건 모두 가능했다. 아미는 다르다. 아미가 만약 승격되고 철멍과 결혼한다면, 반형태의 손자는 체외인의 유전자를 가지게 된다. 부모도 누군지 모르는 아이를 어떻게 며느리로 받아들인단 말인가. 그 정자와 난자가 대체 뭔지 알고.

아미는 반형태의 속내를 짐작하고 있었다. 그와 몇 번 만났지만 꺼려하는 게 느껴졌다. 그러나 리젠쿠이는 아미를 아꼈고 사실상 아미에겐 아버지 같은 존재였다. 아버지에게 느껴야 하는 감정이 무엇인지, 실제로 아버지가 있는 사람들은 어떤 감정을 느끼는지 전혀 알 수 없지만 말이다.

우아아앙- 미세하게 설계된 엠비언트가 콴의 내부에서 울려 퍼진다. 오늘의 향은 터키시 장미 에센스와 패츌리, 갈바넘과 베티버가 섞인 플로럴한 향이다. 아미는 향이 마음에 들지 않지만 숨을 깊게 쉬며 콴 나인에 자리 잡는다. 그러나 명상을 시작하기도 전에 콜이 온다.

리젠쿠이 이쪽으로 와.
아미   콴 제로로요?

리젠쿠이는 콴 제로에 있었다. 그와 종종 대화를 나누지만 콴 제로에서 만난 적은 한 번도 없다. 아미는 당황한다.

리젠쿠이 그래. 여기서 보자구.

리젠쿠이가 가부좌를 틀고 허공에 떠 있다면 흥미로운 이야깃거리가 됐을 것이다. 하지만 그는 벽에 몸을 붙이고 앉아 있었다. 콴 제로는 콴의 보통 방과 다를 게 없었다.

리젠쿠이 나는 평등주의자야.

아미　　그러시겠죠.

리젠쿠이 별일 없지?

아미　　네.

리젠쿠이 합성 배아가······.

아미　　거의 다 됐죠.

리젠쿠이 음. 확인은 하고 있어. 윤리위원회는 걱정하
　　　　지 마. 손 써뒀으니까.

아미　　걱정 안 해요. 제가 걱정할 일이 아니니까. 저
　　　　는 그냥 실험만 해요.

리젠쿠이 지금은 그래도 되지. 나중에는 그렇지 않을
　　　　거야. 사람들의 인식이나 제도를 조율하는
　　　　것도 실험의 일환이니까.

아미　　그렇겠죠. 하지만 저랑은 상관없어요.

리젠쿠이 상관없는 사람은 없어.

아미　　알겠어요. 여기까지 하시죠. 대표님이 원하
　　　　는 대로 할게요.

리젠쿠이 그래. 논쟁은 X에서나 해. 실제 세계에선 시
　　　　간 낭비니까.

아미　　왜 보자고 하신 거예요.

리젠쿠이 알아인 지사 오프닝 때문에 내일 아부다비로
　　　　갈 예정이야. 같이 갈 생각 있어?

아미　　갑자기요?

리젠쿠이 이제 좀 다녀야 할 때가 된 거 같은데.

아미　　제가 나갈 수 있어요?

리젠쿠이 노르다 일이면 따로 허가받을 필요도 없지.

아미　　잘 모르겠네요. 일정이 급하기도 하고 할 일
　　　　도 있고.

리젠쿠이가 벽에서 몸을 떼며 일어난다. 그의 길쭉한
몸이 빛 속에서 잠시 일렁이는 것처럼 보인다. 아미는
눈을 살짝 찌푸린다.

리젠쿠이 욕심을 낼 때가 됐어. 연구도 좋지만 중요한
　　　　직책을 맡아야지.

아미　　그런 생각은 해본 적 없어요.

리젠쿠이 승격도 얼마 안 남았잖아.

아미　　　모르죠. 안 될지도.

리젠쿠이가 미동도 없이 서서 아미를 바라본다. 후원자로 처음 리젠쿠이를 만났을 때 그는 서른 초반이었다. 지금은 오십대 중반이고 잘 빗어넘긴 머리에 드문드문 새치가 보인다. 젊음을 유지하고 있지만 노화의 징조는 피할 수 없다.

리젠쿠이　별일 없지?

아미　　　네.

리젠쿠이　정말 별일 없어?

네, 라고 대답하려던 아미가 멈칫한다. 뭔가 알고 있는 것 같은 질문이다. 왜 그렇게 묻는 걸까?

리젠쿠이　별일 없으면 다행이지. 필요한 일 있으면 얘
　　　　　기해. 노르다에 체외인은 너랑 나밖에 없으
　　　　　니까.

아미가 천천히 고개를 끄덕인다.

아미   청소하시는 분들 있잖아요. 경비원분들도 계
           시고.

아미의 말에 대답 없이 웃는 리젠쿠이. 콴 제로의 문
이 열린다.

12. 셀프 스토리지 종묘 –

노르다 코드브레이커스 / 낮 속의 밤

휴가 중인 사람이 하늘에서 떨어진다

잊히고 버려진 물건들의 행렬이 거리에서부터 이어진다. 아미는 낡은 셀프 스토리지 건물로 들어선다. 일하는 사람도 지키는 사람도 없다. CCTV에 보이지 않게 몸을 돌려 미리 준비한 권정현지의 검지를 삽입하는 아미. 문이 열린다.

4평 남짓한 현지의 스토리지는 중앙 바닥에 놓인 랩탑 외에는 아무것도 없다. 오래된 곰팡내가 난다. 생명이 다한 형광등에서 나는 희미한 소음. 아미는 눅눅한 바닥에 무릎을 대고 앉아 랩탑을 연다. 해킹 방지를 위해 와이파이와 블루투스 등의 기능을 배제한 오프라인 전용 랩탑이다. 바탕화면에 하나의 폴더만 있다. 폴더명은 'father'. 폴더를 클릭하는 아미. 어림잡아도 수백 개는 될 문서 목록이 뜬다.

CCTV 시점으로 아미의 모습이 보인다. 저해상도의 이미지 속에서 확대된 아미의 표정이 굳어가고 외화면의 뭉개진 사운드가 깊이를 부여한다.

같은 시각. 노르다 코드브레이커스에 방문한 철멍은 아미가 없다는 사실을 알게 된다. 아미는 전화를 받지 않는다. 철멍은 아미 대신 리젠쿠이와 만난다.

리젠쿠이 아버님은 잘 계시지?

철멍　　그런 것 같아요. 아미는 어디 갔어요?

리젠쿠이 나는 직원들 감시 안 해.

철멍　　존경받는 기업인답네요.

리젠쿠이 비꼬지 말고. 넌 별일 없지? 작품 쓰고 있어?

철멍　　없어요. 쉬는 중이에요. 딱히 꽂히는 것도 없고.

철멍은 대화에 집중하지 못한다. 아미에게 문자를 보내지만 답이 없다. 철멍은 불안한 기분이 든다. 승격 심사를 앞두고 아미가 전과 달라졌다는 것을 느끼기 때문이다. 아미의 승격은 둘의 결혼을 위해 꼭 넘어서야 할 절차다. 하지만 철멍은 아미가 결혼을 원하는지 확신할 수 없다. 말은 좋다고 하는데 실제 행동은 딴판이다. 아미는 체외인이라는 신분 때문에 적극적으로 행동할 수 없다고 변명하지만 철멍은 그게 아닐지도 모른다는 의심을 지울 수 없다. 철멍이 강하게 요구하면 아미는 결혼을 거부하지 않을 것이다. 그러나 마음속에는 다른 생각을 품고 있을지도 모른다. 명수의 말처럼 철멍을 이용해 신분 상승을 하려는 걸지도 모르고 회사에서 입지를 강화하기 위해서인지도 모른다. '차라리 그편이 나아.' 철멍은 생각했다. 아미에게 다른 실리적인 속셈이 있어도 철멍은 상관없었다. 그건 최소한 자신에게 어떤 가치가 있다는 뜻이고 아미가 곁에 머물 이유가 있다는 뜻이니까. 최악은 아미가 무언의 압박과 강제성 때문에 결혼을 하게 되는 것이다. 욕망도 목적도 없는데 그저 철멍에게 미안해서, 다른 경로를 찾는 것이 불가능에 가깝기 때문에 투항하듯이 결혼을 하는 상황이었다. 철명은 아미가 솔직하게 감정을 털어놓길 원했지만 아미는 표현하지 않았다. 원래도 속마음을 드러내는 편이 아니지만 결혼 문제에 있어서는 더욱 그랬다. '아미가 솔직하게 말한다 한들 내가 그걸 받아들일 수 있을까.' 철명은 승격과 결혼에 집착하는 자기 자신을 이해할 수 없었다. 아미가 미적지근하게 나올수록 결혼은 더욱 간절해졌다. 아미를 곁에 묶어두지 않으면 아무것도 증명되지 않을 것 같았다. 하지만 무엇을 증명한다는 말인가. 무엇을 증명할 수 있다는 말인가.

13. 세포 국가 / 오후

그 아이를 제 목숨보다 사랑해요 /
생명의 투기적 잉여가치로의 변형[03]

지금은 존재하지 않는 코트디부아르의 열대우림에 살았던 벵족은 생명이 다른 세상에서 온 것이라고 믿었다.

아기는 죽은 자들이 머무는 우르그비에서 우리의 세계로 떠나온 영혼이다.

탯줄은 우르그비와 우리의 세계를 연결하는 다리다. 탯줄이 떨어지고 난 후에야 아기는 진정으로 이 세계에 속하게 된다. 탯줄이 떨어지기 전에 죽은 아이의 장례는 치르지 않는데 그건 아기가 우르그비로 돌아갔다고 믿기 때문이다.

아미는 랩탑을 담은 가방을 품에 꼭 안고 거리를 따라 내려간다. 권정현지가 어느 생물학 책에서 찾아낸 뱅족의 이야기를 아미는 좋아했다. 권정현지는 의외라고 생각했다. 아미가 미신을 좋아하는 걸 본 적이 없기 때문이다. 아미 스스로도 의외였다. 뱅족의 이야기는 특별할 게 없었다. 대부분의 신화와 종교에 어른거리는 사후 세계와 영혼에 대한 이야기일 뿐이다.

1970년대 북미의 축산업자들은 암소의 몸에 카테터를 꽂아 정자를 주입했다. 암소는 호르몬 주사를 맞아 과배란되거나 발정 주기를 일치시킨 개체였다. 수소 한 마리만 있으면 다수의 암소를 수정시킬 수 있었다. 암소들의 재생산은 자연적 횟수와 주기를 넘어 확장되었고 조립 공정 생산의 표준화를 위해 냉동 보존된 세포와 배아는 저장되고 배송되고 해동되는 과정을 거쳤다. 재생산은 더 이상 계통적 시간의 장벽에 갇혀 있지 않았고 신체와 혈통의 경계는 사라졌다. 포유류의 재생산 기술이 산업적 규모에서 이뤄지고 표준화된 것은 이때가 처음이었다.

체외인은 소와 다를 바 없다. 학교는 이런 연관성을

가르치지 않는다. 인간을 가축화했다는 비난을 피하기 위해서다. 생명은 평등하지 않다. 생명에는 위계가 존재하지만 위계는 암묵적으로 자연스럽게 작동해야 한다. 자연의 법칙이 그렇듯.

인간은 가능한 일은 모두 한다. 가능한 일을 끝없이 확장하는 것, 그게 호모 사피엔스 종의 특징이다. 그리고 합리화가 이어진다.

벵족의 신화 속에서 개체들은 제어가 불가능했다. 그들은 태곳적부터 존재했고 지금도 존재하며 미래에도 존재할 것이다. 벵족에게 문제는 죽느냐 사느냐가 아니라 어디에 존재하느냐였다. 그러나 현실에 우르그비 같은 장소는 없다. 저 세계에서 이 세계로 건너오기 위해 필요한 것은 탯줄이 아니라 금속으로 만든 카테터.

Insert.

아미가 권정현지의 랩탑에서 발견한 것은 체외인 388명의 DNA 정보와 이들의 관계를 규명한 유전자 테스트 결과였다. 현지가 어떻게 이 정보들을 수집했는지는 알 수 없다. 중요한 건 수집한 체외인들의 생물학적 아버지가 한 명이라는 사실이다. 다시 말해 권정현지가 DNA를 수집한 체외인은 한 명의 남성에게 적출한 정자와 388명의 여성에게 적출한 난자로 수정되었다.

체외인법에 의하면 정자와 난자 기증은 1인당 3개로 한정된다. 종의 다양성과 공정성을 위해 마련된 법규다. 그런데 한 명의 남성이 388개의 정자를 제공한 것이다.

하지만 더 놀라운 사실이 이어진다. 권정현지는 메모에 다음과 같이 썼다. 이 남성의 정자로 수정된 체외인은 수백, 수천, 수만 명 더 발견될 수 있다. 다수의 난자를 수정시킨 다른 남성의 생식세포가 있을 가능성 또한 배제할 수 없다.

체외인은 한국 인구의 16퍼센트, 약 800만 명이다. 이 중 같은 생물학적 아버지를 가지고 있는 체외인은 몇 명일까? 성인의 고환에서는 하루 평균 5억 개의 정자가 생성된다. 마음만 먹으면 단 한 명의 남성이 800만 명의 아버지가 될 수도 있었다. 그의 정자가 냉동 보관되어 있다면 미래에는 수억 명에 달하는 그의 아이들이 생산될 수 있을 것이다.

14. 을지로 – 프라임 빌리지 / 밤

촛불을 든 신혼부부의 얼굴

우산에 눈 닿는 소리.

새카만 창밖으로 안개가 피어오른다고 생각했는데 안개가 아니라 눈이었다. 부드러운 바람에 휘날리는 눈의 결정들이 풍경을 연기 속에 가뒀다.

두선자 씨 사건의 여파로 거리 곳곳 경찰의 바리케이드와 호송차가 보인다. 뉴 휴머니스트와 체외인이 연합한 시위대가 도심을 배회 중이라는 뉴스가 보도되고 버티포트에 착륙하는 에어택시의 행렬에서 이타주의에 젖은 얼굴의 양육출산부 장관과 수하들이 내린다.

철명은 청계천변을 걸어 고급 아파트 단지인 프라임 빌리지 입구에 도착한다. 아버지가 아니었으면 엄두도 내지 못했을 집이다. 자산이 있는 부모를 갖지 못한 사람들의 처지를 알고 있기에 철명은 반형태에게 늘 감사하는 마음을 가졌다. 그가 빌어먹을 개새끼라도 그는 철명의 아버지였고 철명의 삶을 가능하게 했다.

입구를 통과하던 철명이 문득 걸음을 멈춘다. 언덕 아래 커다란 개 한 마리가 우뚝 서서 그를 바라보고 있다. 목줄도 주인도 보이지 않는다. 개는 눈밭에서 자라온 것처럼 지금 이 순간이 편안하고 익숙해 보인다. 철명이 개에게 손을 흔든다. 개가 컹컹 짖고는 언덕을 뛰어오른다. 철명은 미소를 짓지만 곧 두려움이 엄습한다. 개는 멈출 생각이 없는 듯 점점 속도가 빨라진다. 놀란 철명이 몸을 웅크린다. 개는 그를 지나쳐 위로 계속 뛰어간다. 언덕 위의 주인이 개를 쓰다듬는다.

철명이 숨을 내쉬며 호흡을 고른다. 그때 눈의 장막 안에서 누군가 걸어나온다. 아미가 눈 속에서 그를 기다리고 있다.

15. 컨테이너 파크 / 계속되는 밤

Mama's Baby, Papa's Maybe

경기도 외곽 고속도로의 노변.

버림받은 일반인과 노동을 거부한 체외인들이 거주하는 컨테이너 파크.

녹이 슨 수십 개의 컨테이너가 어둠 속에 웅크리고 있다. 이곳에 뉴 휴머니스트들의 은신처가 있다. 컨테이너 사이에 놓인 허름한 크리스마스트리에서 별 모양 전구가 껌뻑거린다.

캠핑 의자에 앉아 있는 권정현지와 제시, 담요로 몸을 덮고 얼굴만 내민 두 사람은 컨테이너 창문에 낀 성에와 성냥불 같은 노란빛을 보며 대화를 나눈다.

우리에게 언젠가 꿈과 유사한 무언가가 허락된다면
너는 뭘 할 거야? 권정현지의 물음에 제시는 고개를 들
어 눈이 내리는 어둠 속을 바라보며 한참을 생각한다.

제시   아무도 나에게 뭔가를 금지한 적은 없어. 성
        적만 좋고 빚만 갚을 수 있다면 뭐든 할 수
        있다고 말했어.

권정현지도 똑같은 어둠을 바라보고 있다. 눈꺼풀에
자꾸 눈이 묻는다. 후후 입으로 불면 눈송이가 방향을
바꾼다.

권정현지 잘 못하는 사람도 할 수 있어야 되잖아.
제시   뭐?
권정현지 그게 뭐든 잘하는 사람, 뛰어난 사람만 해야
        한다는 법은 없어. 우리는 태어날 때부터 죄
        를 지은 게 아니야.

문득 권정현지는 마음속 가득한 울분을 느낀다. 배아 때부터 간직하고 있었던 것처럼 생생하게 느껴지고 만져지는 울분이다. 하지만 그게 정말 처음부터 있었던 건지는 알 수 없다. 여섯 살 때 생긴 걸지도 모르고 학교를 졸업할 때 생긴 걸지도 모른다.

하지만 처음이라니 그게 언제지. 수정된 직후? 배아 세포에 원시 신경관의 윤곽이 나타난 14일 이후? 아니면 그것보다 한참 전 태곳적 바다의 열수구에서 스스로 사슬을 형성한 원핵세포에서부터 시작되어 인류의 DNA에 새겨진 분노나 울분일까.

권정현지 이렇게 살 순 없어. 용납할 수 없어.
제시   뭘 용납할 수 없는데?
권정현지 (웃으며) 그건 나도 잘 모르겠어. 그게 문제야.

권정현지는 자리에서 일어난다. 컨테이너 파크를 지키는 뉴 휴머니스트 무리와 더 이상 함께 있을 수 없다. 제시는 그들이 지켜줄 거라고 말하지만 권정현지는 그들의 수호를 받고 싶지 않다. 뉴 휴머니스트는 가족을 거부한다. 그들은 관계를 통한 생식을 허락하지 않고 생식을 통한 관계 역시 허락하지 않는다. 권정현지 배 속의 태아는 그들에게 악의 원흉이다.

권정현지는 그들이 잘못됐다고 생각하지 않는다. 국가가 정해놓은 원칙보다는 이들이 훨씬 공정하고 옳다. 최소한 이들은 체외인이나 일반인 모두에게 동등한 대우를 한다. 하지만 그것만으로는 부족하다. 평등하기 위해, 고통과 불의를 종식시키기 위해 관계를 없애버리면 더 나은 세상이 올까.

권정현지는 무엇이 옳고 그른지 알 수 없다. 배 속의 아기를 낳는 것이 좋은지, 낳지 않는 것이 좋은지. 아이와 가족이 되는 것이 옳은지, 아이를 떠나보내는 것이 옳은지 판단이 서지 않는다.

아미라면 합리적인 결정을 내릴 것이다. 그리고 자신의 결정과 거리를 둘 것이다. 자신의 감정으로부터 멀리 떨어져 세상과 나는 무관하며 심지어 나는 나와도 무관하다는 태도로 외계 생명처럼 세계를 관찰할 것이다. 언젠가 아미가 말하길 모든 선택은 시스템 스스로의 선택이며 선택이 선택하는 거라고, 일어날 일은 일

어나는 것이므로 우리는 세계 안에 존재하지만 우리는
세계 밖에 있다.

　권정현지는 그런 태도를 이해할 수도 허락할 수도 없
었다. 그러나 뭘 해야 될지 역시 알 수 없었다. 권정현
지가 할 수 있는 행동은 거부하는 것뿐이다. 허가되지
않음을 거부하기.

16. 아부다비 - 알 아인 - 서울 / 저녁
퀴어 라틴계 장애인 활동가 애니 엘레이니 세가라의 티셔츠에는
"The Future is Accessible"이라고 쓰여 있었다[04]

비행기는 아부다비 국제공항 제8터미널에 착륙했다. 비행기가 하강하는 동안 아미는 호기심 어린 눈길로 사막과 모래의 대지와 그 위에 지어진 초현대적 사물들을 관찰했다. 어제 느꼈던 공포와 혼란이 잠시나마 가라앉았다. 공항 주변은 새로운 공항을 짓기 위한 공사로 부산했다. 황토색 우주 위에 떠 있는 정류장에는 수백 대의 항공 수단이 잠자리 떼처럼 이착륙했다. 귀가 멍하고 속이 울렁거렸지만 시각적으로는 편안했다. 모든 것은 미래적인 동시에 현대적이었다. 풍경에는 실감이 존재하지 않았다. 몸으로 직접 대기를 가르며 지상으로 추락하지 않는 이상 모든 경험은 잠시 잠깐의 울렁거림일 뿐이다. 아미는 문득 인간이 어떻게 세계를 그토록 함부로 다룰 수 있는지 이해했다. 하늘은 깨어질 듯 맑은 푸른색이었고 아미는 그 때문에 스트레스를 받았다.

리젠쿠이 나오니까 좋지?

아미　　별로…….

아부다비 지사의 직원들과 UAE 휴먼리소스 부서 관료들이 그들을 맞이했다. 새하얀 전통 의상을 두르고 수염을 잔뜩 기른 그들은 얼굴 가득 미소를 띠고 있었다. 모든 이들의 미소가 밝고 자연스러워서 단체로 미소에 특화된 유전자 시술이라도 받았나 하는 생각이 들었다. 반면 아미나 리젠쿠이는 미소에 젬병이다. 리젠쿠이는 사회화된 미소를 장착하고 있지만 웃을 때마다 비웃는다는 인상을 줬다. 아미는 거의 웃지 않았다. 아미는 대부분의 웃음을 이해하지 못했고 웃을 필요도 느끼지 않았다. 보통 사람에게 웃음과 미소가 관계의 윤

활유나 일상의 즐거움이라면, 아미의 웃음은 소수에게 특화된 내밀하고 개인적인 행위였다. 심지어 섹스보다 더 내밀했다.

그러거나 말거나 아부다비 책임 연구원 사이프 알다흐리는 신경 쓰지 않았다. 그는 리젠쿠이와 아미를 하이퍼루프로 안내하는 내내 실체 없는 미소를 짓고 있었다. 이제 그만 웃을 때도 되지 않았나 싶을 때도 웃었다. 그가 사라진 뒤에도 미소만 남아 허공을 떠돌 것 같은 그런 미소였다.

하이퍼루프가 초음속으로 사막을 지나가는 동안 리젠쿠이가 말했다.

리젠쿠이 기대해. 여기 연구실은 뭐랄까, 거의 영적이야.

리젠쿠이는 사막이나 화산지대, 남극이나 정글 등 영장류가 생존하기 어려운 극한의 오지에 관심이 많았다. 알 아인이 그런 도시는 아니지만 사막을 횡단하는 경험은 영감을 준다고 리젠쿠이가 말했다.

아미　　　밖이 안 보이는데?

　하이퍼루프에는 창문이 없었다. 그러니까 사막을 횡단하는지 바닷속을 가로지르는지 알 도리가 없었다. 리젠쿠이는 어깨를 으쓱했다.

　리젠쿠이 영적인 경험이라고.

　사이프는 십여 년 전만 해도 하이퍼루프가 불안정해서 종종 사고가 났다고 말했다. 시속이 1,000킬로미터이다 보니 사고가 나면 어마어마했다. 인간이 으깬 감자처럼 변하는 것이다. 사이프는 으깬 감자라고 말하는 동안에도 뭐가 그리 좋은지 계속 미소 짓고 있었다.

사이프　　피와 뼈와 살과 각종 오물이 하나로 뒤범벅
　　　　　된…… 그런 광경을 보고 나면 우리가 한낱
　　　　　유기물에 불과하다는 사실을 깨닫게 되지요.

　하지만 걱정할 건 없다. 사고로 죽은 사람들의 DNA는 노르다의 냉동 보존 시설에 보관되어 있으니까. 마음만 먹으면 언제든지 클론을 만들어낼 수 있다.

사이프　하지만 저희는 성급하게 행동하지 않습니다.

아미　　인간 복제는 금지되어 있으니까?

사이프　아니요. 그것보다 더 중요한 문제가 해결되지 않았거든요. 몸만 복제하는 건 별 의미가 없지요. 정신을 복제할 수 있어야 하는데 그건 아직 안 되잖아요.

리젠쿠이 그건 영원히 안 될 거예요, 사이프.

사이프　저도 그렇게 생각합니다만, 어떤 사람들의 생각은 다르죠.

　하이퍼루프 정류장에 내린 아미는 물결처럼 이어지는 황금색 둔덕과 싱싱한 야자수의 거리, 그 사이를 천천히 걸어가는 낙타의 행렬을 보았다. 어젯밤부터 미리 준비해둔 것처럼, 정확한 타이밍에 검고 우람한 낙타 무리가 사막의 풍경을 가로지르고 있었다.

리젠쿠이 근데 갑자기 왜 생각이 바뀐 거야?

아미　　　뭐가요?

리젠쿠이 아랍에미리트에 안 온다고 했잖아.

아미　　　잠깐 떠나고 싶었거든요.

리젠쿠이 (비웃는 듯한 미소를 지으며) 누구나 그럴 때
　　　　　가 있지. 환기하기에 이곳만큼 완벽한 곳도
　　　　　없어.

　하지만 이곳에서도 아미의 감정과 생각은 불안정했
고 무엇을 해야 할지 불확실한 건 마찬가지였다. 아미
가 아부다비로 온 건 일종의 도피였다.

　어젯밤, 아미와 철멍은 권정현지의 파일을 놓고 밤새
대화를 나눴지만 결론이 나지 않았다.

　철멍이 생각했을 때 권정현지 파일의 가장 큰 문제는
합리성과 동기의 부재였다. DNA 테스트 결과가 보여
주는 것은 다수의 체외인이 한 사람에게서 나온 정자로
수정됐다는 사실이다. 그런데 그 사람은 누구지? 왜, 어
떤 목적으로, 어떻게 그런 짓을 저지른 걸까? 합리적으

로 설명할 수 있는 이유가 존재하지 않았다. 정자 기증은 모든 국민의 의무 사항이다. 정자는 난자에 비해 적출이 간단하다. 다시 말해 정자는 넘친다. 그런데 왜 한 사람의 정자를 사용했을까. 정말 한 사람일까.

검증의 문제도 있다. 진위 여부를 확인하고 DNA를 추적해야 하는데 모든 정보와 검증 절차는 양육출산부가 독점하고 있다. 양육출산부와 협정을 맺은 노르다를 비롯한 몇몇 기업이 있지만 이 회사들이 양육출산부의 허락 없이 움직일 리 없었다.

권정현지는 DNA 브로커를 통해 정보를 수집했을 가능성이 컸다. 그건 중대 범죄다. 양육출산부 산하의 생명 경찰에게 걸리면 10년 이상의 징역은 물론 사회적 생명은 끝이나 다름없다.

신중하게 접근해야 한다는 게 철명의 입장이었다. 우리는 목적도 범인도 진위 여부도 모르니까 우선 정보를 수집하고 상황을 파악한 후에 움직여야 한다.

아미의 생각은 달랐다. 철명의 태도는 상황을 지연시킬 뿐이다. DNA 매칭 테스트는 아미도 할 수 있다. 노르다의 프로토콜을 위반해야 하지만 브로커를 통하는 것보다 손쉽고 안전하다. 중요한 건 언제 어느 시점부터 유전자를 추적하고 수집할 것이냐의 문제였다. 자칫 잘못하면 체외인 사업 전체를 되짚어봐야 한다.

철멍은 아미의 의견에 사색이 됐다. 체외인 사업이 정착하는 데 수십 년이 걸렸다. 이제야 국민적 합의가 이루어지고 시스템이 작동하는데 분란을 일으킨다니.

제대로 작동한다고? 폭동이 일어나는 걸 보면서도? 체외인 혐오 범죄가 매일 발생하는데?

그건 문제지만 그 정도 부작용은 늘 있었어. 하나하나 문제 삼으면 아무것도 할 수 없어. 철멍이 말했다.

대화가 벽에 부딪혀 진전이 없을 즈음 철멍은 우선 자고 다시 이야기하자고 말했다. 아미는 잠이 올 것 같지 않았다. 철멍이 이 문제와 거리를 둘 수 있는 이유는 간단했다. 그는 일반인이기 때문이다. 그는 절대로 체외인이 어떤 심정인지 이해할 수 없다. 다시 말해 아미의 감정을 이해할 리 없었다.

생각이 여기에 이르자 아미의 마음은 차갑게 식었고 더 이상 철멍과 대화를 이어나갈 의지가 생기지 않았다. 아미가 자신의 생각을 솔직하게 말했다. 이건 전적으로 내 문제고 너는 이해할 수 없다고, 너는 외부인이라고. 철멍은 아미의 말에 반박했다. 내가 일반인이라서 공감할 수 없고 이 문제를 심각하게 여기지 않는다는 건 억지야. 그런 식이면 개인은 누구나 타인의 문제를 진심으로 공감할 수 없어. 사람은 모두 떨어져 있고 내면은 블랙박스처럼 온전히 자신만의 것이니까. 나도 너만큼 사안을 위중하게 생각해. 네 문제는 곧 내 문제나 다름없어. 내가 이 일을 가볍게 여긴다고 말하는 건 나에 대한 모욕이야.

아미는 한숨을 쉬고 논쟁을 포기했다. 둘은 씻고 잠을 청하기로 했다. 아미가 샤워를 마치고 나왔을 때 철멍은 침대에 누워 있었다. 아미는 철멍이 뭔가 말하기를 기다렸다. 지금 다시 대화를 시작한다고 뾰족한 수가 있는 건 아니었지만 이대로 끝낼 문제는 아니었다. 하지만 그는 미동이 없었다. 아미는 애드를 떠올렸다. 애드는 어떨까, 그는 체외인이니까 사태를 다르게 받아들이지 않을까. 얼마 지나지 않아 코 고는 소리가 들렸다. 철멍은 코를 골며 평화롭게 잠이 들었다. 아미는 조심스레 침대를 빠져나왔다.

철멍은 50미터 트랙을 자유형으로 쉬지 않고 여섯 바퀴 돌았고 한 랩에 평균 1분 48초를 기록했다. 평소보다 늦은 시간에 잠든 걸 생각하면 상당한 기록이었다. 물속에서라면 걱정을 잠시 잊을 수 있다. 액체란 얼마나 놀라운지! 철멍은 바닷속에서 생을 영위하는 포유류를 생각했다. 돌고래의 아름다움과 평화로움은 물의 속성 때문이 아닐까. 그때 옆 트랙에서 누군가 물을 튀겼다. 아날로그맨이 힘찬 접영으로 앞으로 나아가고 있었다. 철멍은 아직 접영에 서툴렀다. 저렇게 꼴사납게 물을 튀겨야 한다면 하지 않는 편이 나았다. 철멍은 물 밖으로 나가 몸을 풀며 숨을 골랐다. 아날로그맨을 보자 어제 아미와 했던 이야기가 떠올랐다.

아날로그맨에게 제보를 하면 어떻겠냐는 말을 꺼낸 건 아미였다. 철멍은 아날로그맨은 수영장에서 알게 된 사람일 뿐 연고도 없고 믿을 수도 없다고 말했다. 아미가 봤을 땐 그 정도면 충분했다. 제보자들이 기자나 PD를 개인적으로 알고 있어서 제보한 건 아니니까 말이다. 아날로그맨은 영향력이 있었다. 그의 개인 채널 팔로워만 100만 명이었다.

철명은 아미의 의견에 반대했다. 동네방네 떠들고 다닐 일이 아니었다. 권정현지가 파일을 아미에게 맡긴 이유를 유추해봐도 그랬다. 위험하니까 맡긴 것이다. 우리는 폭탄 돌리기를 하고 있는 거나 다름없어. 철명이 아미에게 말했다.

좆같은 비유는 집어치워.

아미가 말했고 철명의 표정이 굳었다.

철명은 어젯밤을 생각하면 아찔했다. 10년 동안 아미를 봤지만 이렇게 흥분한 모습은 처음이었다. 둘은 종종 다퉜지만 이 정도로 거리감을 느낀 적은 없었다. 아미는 표현이 심했다고 사과했지만 진심은 아닌 것 같았다. 철명은 최선을 다해 그녀를 달랬다. 파일이 사실이라면 체외인의 근본적인 정체성이 흔들릴 일이다. 아미가 충격을 받는 건 당연하다. 거리를 두고 사안을 판단하자는 건 제삼자나 할 수 있는 소리다. 하지만 그렇게 말한 건 사안의 위험성 때문이라고 철명은 설명했다. 특히 아미가 지금 있는 위치를 생각하면 더 그렇다. 승격 심사도 코앞이고 합성인 연구 개발도 완료를 목전에 두고 있다. 그런데 체외인의 수정에 상상도 못했던 비리와 오류가 존재한다면?

체외인의 숫자를 생각해봐. 800만이라고! 800만이 한 사람의 자식이라면⋯⋯.

철명이 말했다. 순간적으로 웃음이 나왔다. 허탈하고 허망한 마음에 나온 웃음이었다. 그러나 이 웃음이 또다시 오해를 불러왔다.

아미가 집으로 돌아가겠다고 했다. 철명은 사소한 트집은 잡지 말자고 했다. 하지만 아미는 철명의 웃음이나 미적지근한 태도 때문에 화가 난 게 아니라고 말했다. 철명의 설명은 충분히 이해하고 공감한다. 단지 혼자 있을 시간이 필요한 것뿐이다.

철명은 그러지 말고 자고 가라고 아미를 설득했다. 마음을 안정시키고 눈앞에 놓인 일을 우선 처리하고 어떻게 할지 생각해보자고 말했다. 아미는 어쩔 수 없다는 듯 고개를 끄덕였다. 아미가 먼저 침실로 들어가는 철명에게 말했다.

아미 　　공개하는 건 찬성이지?

철명 　　진실은 숨길 수 없어. 문제는 이게 어떤 진실이냐는 거지.

아미   좆같은 진실이지.

  몰래 철명의 집을 빠져나온 아미는 애드의 임대 아파트로 향했다. 새벽 3시였고 하늘은 암홍색으로 물들고 대기는 숨소리가 들릴 정도로 고요했다. 도시를 혼잡스럽게 했던 모든 소동이 멈추고 사람들은 가족이 있는 집으로 돌아가 곧 있을 멸망의 날을 기다린다. 손을 맞잡고 식탁에 둘러앉아 세로토닌의 분비에 관여하는 약을 한 알씩 삼키고 행복한 기억을 스캔한다. 아미는 걸음 속에서 난자의 고동 소리를 들었다. 자연분만, 사이보그 섹스, 24시간 보육센터, 아버지의 지하실, 테스토스테론, 하이테크 베이비…… 아미의 가방 안에는 여전히 권정현지의 손가락이 있다. 아미는 허공에 손을 들고 손가락을 움직여본다. 꼭 자신의 손가락이 잘린 듯한 낯설고 차가운 감각 속에서 현지와 자신이 연결되어 있음을 느낀다.

  같은 시각, 애드는 임대 아파트에 가나코와 함께 있다. 오랜만에 만난 그들은 의무라도 되는 듯 섹스를 하고 대화를 나눴다. 섹스는 건조하고 격렬하고 자극적이고 뒷맛이 개운하지 않다. 애드는 그것이 자신의 삶에서 나는 맛이라고 생각한다.

가나코와 애드는 부산의 집에서 함께 자란 사이다. 가나코는 거제 신항 폭동의 주동자였고 생명 경찰의 눈을 피해 달아났다. 수배자로 지낸 지 10년이 넘었고 뉴 휴머니스트 무리의 핵심 인물 중 하나로 알려져 있다.

가나코가 애드를 찾아온 이유는 DNA 데이터 뱅크 때문이다. 애드가 경비원으로 있는 센터에 DNA 데이터 뱅크에 접속할 수 있는 서버가 있다. 애드가 DNA 정보가 필요한 이유를 물었지만 가나코는 입을 다물었다. 하지만 가나코의 궁극적인 목적은 예전이나 지금이나 동일하다. 양육출산부가 독점하는 인공 자궁 시스템을 해방시키는 것, 인공 자궁을 사람들에게 돌려주는 것이다.

애드는 협조를 거부한다. 이번에도. 애드는 가나코의 도움을 여러 번 거절했다. 가나코가 관계를 끊지 않는 것이 이상할 정도다. 그러나 가나코는 애드에게 다른 의도가 없음을 안다. 애드는 가나코의 부탁을 거절하면서 부연 설명을 하지 않는다. 뉴 휴머니스트의 이념이나 체외인의 처우나 양육출산부의 정책에 대한 의견을 피력하지도 않고 가나코의 안위를 걱정하지도 않는다. 그저 못한다거나 할 수 없다고 말할 뿐이다.

그편이 좋다. 깔끔하다.

애드가 말을 삼가는 이유는 자신이 하는 말이 의미 없게 느껴지기 때문이다. 애드는 말은 행동이라고 믿는다. 그저 의견만 피력하는 말 같은 건 존재하지 않는다. 어떤 사안에 대한 생각을 이야기한다는 건 그걸 실천한다는 의미다. 하지만 애드는 자신이 아무것도 할 수 없는 존재라고 느낀다. 울타리 안에서만 돌아다닐 뿐 밖으로는 나가지 않는 염소처럼 먹고 숨 쉬고 이동하고 때가 되면 피와 살을 내어줄 뿐이다.

여전하구나 너는.

가나코가 자리에서 일어나며 말한다. 나한테 볼일 있으면 붐랜드로 와.

애드는 말없이 고개를 끄덕인다.

가나코는 아파트 입구에서 아미와 마주친다. 아미는 가나코를 모르지만 가나코는 아미를 안다. 아미는 유명 인사다. 체외인 중 유학파는 흔치 않고 노르다에 입사한 사람은 더 흔치 않다. 아미는 매체에 여러 번 모습을 드러냈다. 아미의 무표정한 아름다움에 사람들은 환호했다. 체외인은 감정 표현이 도드라지지 않는 경향이 있는데 그 모습이 아미처럼 잘 어울리는 경우는 드물었다. 아미는 극도로 긴장한 나머지 카메라 앞에서 삐걱댔고 그게 더 매력적이었다. 하지만 본인은 그 모습을 죽도록 싫어했고 몇 번의 매체 출연 이후에는 모든 제안을 거절했다.

가나코는 아미를 뚫어져라 쳐다본다. 아미는 가나코의 존재를 눈치채지 못한다. 생각에 잠겨 땅만 바라보며 걷는다.

아미의 갑작스러운 등장에 놀란 애드는 가나코가 왔던 흔적을 얼른 치운다. 아미는 1인용 소파에 앉아 애드가 건넨 담요를 덮고 몸을 녹인다. 막상 애드의 집에 도착하고 나니 자기가 왜 여기 왔는지 이해가 되지 않는다. 고민과 분노를 털어놓을 작정이었는데 애드에게 그런 이야기를 하는 게 무슨 소용이란 말인가. 애드는 아미를 보고 어쩔 줄 몰라 한다. 말없이 안아줘야 하는지 사연을 캐물어야 하는지 몰라 눈알만 데굴거린다.

하지만 그런 상황과 무관하게 애드의 1인용 소파는 무척 편안하다. 갑자기 피로가 아미를 덮친다. 도로를 오가는 차들의 소리가 파도 소리처럼 들린다. 달빛이 드리운 광막한 초원 위를 달리는 바람 소리, 고요한 숲속에서 부딪치는 나뭇잎들의 소리를 듣는 것 같은 착각이 든다.

내일 아부다비로 가는데 잠깐 얼굴 보러 왔어.

아미가 말하고 애드에게 손을 뻗는다. 애드는 아미의 손을 잡고 소파 팔걸이에 걸터앉는다. 아미가 머리를 애드의 허벅지에 기대고 몸을 꼭 붙인다. 애드는 자세가 불편하지만 아무런 말도 하지 않는다. 곧 아미가 잠든다.

17. 가나코의 이야기 / 어스름

내 손은 물속에 있어

가나코는 부산 체외인 서클에서 명성이 높았고 조금 미친 여자라는 소문이 돌았다. 가나코는 머리칼을 직접 잘랐고 그래서 늘 어수선한 쇼트커트였지만 나이가 들면서 그만의 스타일이 생겼다. 학교 공부는 전혀 하지 않았지만 하루 종일 책을 읽고 웹서핑을 했다. 정확히는 책과 인터넷을 함께 보는 멀티태스커였고 모든 인간이 멀티태스커가 되어야 한다고 주장했으며 항상 서너 가지 주제의 이야기를 동시에 얘기했다. 집을 졸업할 때 성적은 최하위였지만(고의로 모든 문제에 오답을 제출했다고 주장했다) 체외인 중 아는 게 가장 많았고 아무도 가나코를 무시하지 못했다.

가나코가 언제부터 가족 구조를 심리적, 경제적, 정치적 억압의 원천으로 생각했는지는 정확하지 않다. 집을 졸업한 그가 처음 한 일은 호텔 룸메이드였다. 가나코는 낮에는 일을 하고 밤에는 웹에서 대화를 나눴고 주말에는 사람을 모아 크루징에 나섰다. 크루징은 이 세계에 무언가 진정 부재한다고 느끼는 사람들이 참여하는 일탈 행위로 오류와 기능 실패, 절단과 트라우마를 체현한다. 가나코가 처음 만든 구호는 "이제 인공 자궁을 칭송하자"였다. 애드를 처음 만났을 때 가나코는 말했다. 신체를 포장하고 태그를 붙이는 짓을 그만둬. 애드는 알아듣지 못했다. 태그? 너는 남자, 나는 여자, 이런 거. 가나코에 따르면 인간은 생식으로부터 해방되었으므로 성별은 무의미하다. 젠더는 임의적이다. 아메리카 선주민들은 식민주의에 동화되기 전까지 남성과 여성 투 스피릿을 가진 사람을 자연스럽게 받아들였다. 하지만 젠더보다 더 큰 문제는 가족 구조와 애착 관계다. 가나코는 이성애 가부장제만 거부한 게 아니라 동성애 가족과 커플, 반려동물, 대안 가족, 배타적 공동체도 거부했다. 20세기 초 소련의 혁명가 알렉산드라 콜론타이는《성적으로 해방된 한 여성 공산주의자의 전기》에서 커플과 가족을 폐지하자는 자신의 주장이 광적인 공격의 대상이 됐음을 씁쓸하게 회고한다. 하지만 이제 때는 무르익었다. 모든 인간은 모든 존재와 관계한다. 인클로저를 거부하고 봇이 되어라.

가나코의 이름은 일본의 옛이야기에서 따온 것이다. 죽은 아이라는 뜻. 가나코가 애드에게 들려준 이름의 기원은 다음과 같다.

—가나코 미즈코 나가레보토케

아오모리현 시모키타군의 어느 마을에 사는 여덟 살 난 가츠고로 군은 문득 자기 누나를 보고 누나는 어느 집에서 버림받았어?라고 물었다. 누나는 갑자기 무슨 해괴한 질문인가 했다. 아무 집에서도 버림 안 받았는데.

가츠고로 군은 해맑은 얼굴로 말했다. 사실 내 이름은 도조야. 아빠 이름은 규베이고 호도쿠보에 사는 농부야.

누나는 가츠고로가 정신이 나갔거나 이상한 꿈을 꾼 거겠지 했지만 궁금증에 계속 물었다. 그런데?

그런데 아빠가 전염병에 걸려서 죽고 혼자 남은 엄마는 내가 먹는 밥에 독을 탔어. 그리고 나를 거적에 말아 강에 버렸어.

20킬로미터쯤 떠내려갔나, 나는 어느 고장의 강둑에 다다랐어. 갈대밭 사이를 헤치고 나오는데 어디에서 까마귀가 날아오는 거야. 까마귀는 까악 까악 하고 우는 대신 가나코, 미즈코, 나가레보토케 하고 울었어. 나도 그 말을 따라 했어. 가나코 미즈코 나가레보토케. 그렇게 사흘 밤낮을 걸었는데 아무리 걸어도 집을 찾을 수가 없었어.

지쳐서 남의 집 논두렁 사이에 멍하니 있는데 어느 할아버지가 둥근 돌을 베개 삼아 자고 있는 게 보였어. 갑자기 장난기가 발동해 할아버지가 베고 있던 돌을 걷어찼지. 신기하게도 할아버지는 잠에서 깨긴커녕 머리를 허공에 든 채 변함없이 자는 게 아니겠어.

내가 놀라서 뒤로 자빠지니까 할아버지가 나를 붙잡았어. 그리고 너희 집은 저기다, 하며 가리킨 게 지금 우리 집이야.

누나는 턱없는 소리를 눈도 깜박하지 않고 하는 동생이 웃기고 기특해 그래 알았으니까 얼른 자라, 라고 했다.

그리고 몇 해가 지났나, 누나가 도쿄에 갈 일이 생겼다. 혹시나 해서 호도쿠보에 들렀는데 정말 규베이라는 농부가 있었고 그는 전염병으로 죽었으며 그의 아내 싯주는 네 살 먹은 아들을 독살하고 자살했다는 이야기를 듣게 되었다.

18. 지하 배수로 / 밤새 눈이 그쳤다

    권정현지는 가능한 한 도로는 피해 다니며 하루 종일
걸었다. 배가 고프면 제시가 싸준 김밥을 꺼내 먹었다.
서해의 이동식 조산원에 가기 위해서 수도권의 경계를
도보로 넘어야 했다. 교통수단을 이용하면 생명 경찰에
게 걸릴 게 분명했다.

    조산원은 불법적인 출산을 돕는 일을 한다. 정부의
단속을 피하기 위해 캠핑카에 모든 장비를 싣고 시기별
로 위치를 옮겼다.

    정부는 체외인과 일반인 사이의 경계를 흐린다는 이

유로 체외인의 출산을 금지했다. 허가되지 않은 임신 및 출산을 한 체외인은 강제로 임신이 중단되거나 아이를 빼앗기고 감옥에 간다. 정부가 원하는 건 무분별한 인구 증가가 아니라 사회 질서 유지다. 체외인은 인공 자궁을 통해 얼마든지 생산할 수 있다. 임신과 출산은 엄연한 인간 고유의 영역이므로 아무 존재나 하도록 내버려둘 수 없었다. 새롭게 태어난 인간의 아이는 출생 신고를 해야 한다. 출생 신고가 되지 않은 인간은 존재하지 않는 것과 다름없다.

권정현지는 버려진 지하 배수로에 누워 잠을 청한다. 추위가 느껴지지 않는다. 죽음이 가까워져서인지 날씨가 따뜻해서인지 알 수 없다. 임신 때문에 체온이 올라가서일까? 배 속에 인간이 있다는 사실을 믿을 수 없다. 이것이 자라 자신과 비슷한 존재가 될 거라는 사실이 소름 끼친다. 임신을 한 순간부터 주도권을 강탈당했다는 감각을 지울 수 없다. 몸을 자유롭게 누리기 위한 선택이었는데 자신의 몸이 타인의 것이 되어버린 것이다. 현지는 태아가 타인으로 느껴졌다. 엄마가 가능할까. 나도 일반인처럼 될 수 있을까.

현지는 잠을 자다 깨길 반복했고 돌림노래처럼 여러 개의 꿈을 꾼다. 아기가 가랑이 사이로 기어나와 지하 배수로를 따라 바다로 떠내려간다. 해변에 놓인 새하얀 침대와 아마빛 햇살 아래 떠다니는 배들을 본다. 언젠가 공원에 잠든 사람의 품에서 강아지를 훔쳐 달아난 적이 있었다. 강아지는 짖지 않았다. 공원을 산책하는 내내 꼬리를 쳤다. 주인은 울면서 공원을 헤매고 있었다. 강아지를 돌려주자 주인은 감사하다고 사례를 하려 했다. 현지는 괜찮다고 말했다. 저한테 사례할 필요 없어요. 강아지가 짖지 않더라구요. 현지가 말했다. 주인은 눈물을 닦으며 해맑게 웃었다. 네, 성대 수술을 했거든요.

19. 경상남도 합천 / 하루 동안 흐린 상태가 이어짐

아날로그맨은 정오쯤에 경부고속도로를 탔다. 에어택시를 탈까 생각했지만 역시 고속도로가 좋았다. 도로는 한산했다. 과거의 영광은 사라지고 황폐한 아스팔트만 남았다. 인간이 땅에서 발을 뗀 후 몰락은 시작됐다. 생명은 몸 밖에서 태어나고 관계는 스크린을 통해 이뤄진다. 시계를 뒤로 돌릴 수 없다면 어떻게 해야 할까. 아날로그맨은 인류의 지속을 위한 청사진이 머릿속에 있었다. 유럽에선 대전환주의로 불리는 사상이 유행 중이었다. 과학기술의 방향을 더 인간적으로 돌리기 위한 운동이었다.

합천에는 아날로그맨의 당숙이 살았다. 아무도 오촌 따위를 신경 쓰지 않는 세상이지만 아날로그맨은 사회의 원자화를 매우 나쁘게 생각했다. 귀찮고 피곤하더라도 친척 관계를 유지하는 것이 필요하다. 동시대의 가족은 지나치게 핵가족화되었다. 체외인이라는 존재를 용인하는 경향도 핵가족화에서 비롯된 거라고 아날로그맨은 생각했다. 가족 구조를 근본적으로 바꿔야 한다. 할 수 있다면 씨족사회로 돌아가는 것도 나쁘지 않을 것이다……

당숙은 경상남도 합천의 전원주택에서 고집 세지만 헌신적인 당숙모와 함께 노년을 보내고 있다. 당숙은 10년 전 폐암 말기 진단을 받았지만 당숙모의 도움으로 완치됐고 요즘은 들깨 농사를 지어 들기름을 만드는 걸 취미로 산다. 각지로 흩어진 자식들에게 직접 만든 들기름병을 보내지만 그들의 음식을 반기는 자식은 없다. 세상이 너무 변한 것이다.

아날로그맨은 가능하면 다른 가족과 방문 시간을 맞

쳤다. 다른 가족이라고 해봤자 당숙의 삼 남매, 그에게는 육촌인 재종들밖에 없었다. 재종들은 아날로그맨의 방문을 처음에는 의아하게 생각했지만 나중에는 자연스럽게 받아들였다. 이날은 당숙의 둘째 딸과 막내아들 가족이 방문했다. 아날로그맨은 둘째 딸인 은혜를 아꼈다. 그보다 열 살 어린 은혜는 지방에서 중등 교사로 일했는데 부동산 업자인 남편이 너무 덜떨어져서 볼 때마다 화가 났다. 지금이라도 이혼하는 게 어떠냐고 말하면 은혜는 친척 어른의 농담이라고 생각하는지 웃을 뿐이었다.

부동산 업자가 가공육의 장점에 대해 일장연설을 하고 있을 즈음 아날로그맨의 메신저로 익명의 메시지가 도착한다. 체외인 사업과 관련된 제보다. 해외에서 온 메시지였고 구체적인 내용은 없었다. 제보에 관심 있으면 서울 구로구의 보른 호텔 로비로 나오라고 했다.

아날로그맨은 전화할 일이 생겼다고 말하고 집 밖으로 나왔다. 마당에선 낙동강의 지류인 황강의 풍경이 보였다. 강을 둘러싼 겨울 산은 흙색이었다. 등 뒤에서 불어온 바람이 흙먼지를 일으키며 앞으로 전진했다. 역사는 들여다볼수록 호러물 같았다. 인간들은 최악의 결정을 반복했다. 다음은 괜찮지 않을까 하는 기대와 희망이 우리를 공포로 밀어넣었다. 제보자는 전화를 받지 않았다. *당신을 어떻게 알아봅니까.* 아날로그맨이 메시지를 보냈다. *종이책을 보고 있으라*는 답장이 돌아왔다. 아날로그맨은 천천히 마당을 맴돌며 생각했다. 종이책이라면 수도 없이 가지고 있지…… 뭘 들고 나갈까. 뭐든 상관없었다. 어차피 호텔 로비에서 종이책을 읽는 사람 따윈 존재하지 않을 테니까.

20. DNA 데이터 뱅크 경비원 휴게실 / 야경

눈과 비의 경계에 있는 얼음 결정이 아스팔트를 축축
이 적셨다. 애드는 2층의 경비원 휴게실 창밖으로 신호
등 불빛이 번진 거리를 보고 있었다. 시위가 한창이었
다. 애드는 시위대가 체외인 무리인지 일반인 무리인지
구분할 수 없었다. 두선자 씨 사건을 둘러싼 논쟁은 갈
수록 증식했다. 체외인에 대한 분노와 혐오가 시시비비
를 덮었고 체외인에게 주어진 자유를 최소한으로 해야
한다는 의견이 대두됐다. 체외인들도 참지 않았다. 두
선자 씨의 과잉 대응은 지속적인 혐오와 폭력에 대한

반작용이지 체외인 자체의 결함이 아니다. 범죄율이 높은 건 체외인이 아니라 일반인이다. 하지만 수치는 해석하기 나름이었다. 뉴스에선 서울 동북쪽을 중심으로 시작된 폭동이 점차 아래로 내려오고 있다고 말했다. 대통령 궁이 있는 용산까지 폭동이 번질지도 몰랐다.

그러거나 말거나 애드의 경비원 동료들은 도파민 게임에 열중이었다. 뇌를 신경전달물질이 가득한 용액에 담글 수 있다면 기꺼이 그렇게 할 것이다. 중독으로 인한 부작용은 걱정할 필요 없다. 중독은 일상이다. 우리는 금단 증상과 보상 사이를 시계추처럼 오갈 뿐이다.

애드는 아미의 부탁을 받고 고민에 빠져 있다. 아미는 권정현지의 랩탑을 어느 저널리스트에게 전달해달라고 부탁했다. 모레 오후 구로구의 보른 호텔 로비에서 그를 만날 수 있다고 했다.

애드는 본능적으로 이 일이 위험하다는 것을 알았지만 해야 한다는 사실을 깨달았다. 명확한 이유는 없었다. 가나코의 부탁을 거절한 직후이기 때문일까. 영원히 폭풍의 영향권 밖에 살 순 없었다. 언젠가 한 번은 들어갈 수밖에 없다. 그게 처음이자 마지막이 될지라도.

21. 용산 와인버그 공원 / 사탄의 태양 아래
지식은 우리에게 고통을 안겨주었다

드물게 따뜻한 오후였다. 철멍은 어머니-양수아의 휠체어를 밀며 공원의 앙상한 풍경 위로 떨어지는 햇살을 바라봤다. 평일 오후였지만 개를 산책시키는 사람들이 있었다. 어머니가 조용히 개새끼들……이라고 읊조렸다. 개가 사람보다 낫지. 한번은 신라호텔 리셉션에서 우연히 알게 된 인도인 성형외과 의사가 자기 개 사진을 보여주더구나. 2년 전에 죽은 개라고 했지. 잉글리시불도그였나, 이름이 아행가였나 그랬어. 그리고 사진을 넘기더니 똑같이 생긴 개를 보여주더구나. 의사가 말했어. 얘도 아헹가라고. 죽은 아헹가를 복제했는데 생김새랑 성격이 완전 똑같아서 소름 끼치게 행복하다고 하더구나.

철멍은 고개를 끄덕이며 양수아의 얘기를 들었다. 캐시미어 카디건을 입은 양수아의 무릎에는 고풍스러운 담요가 덮여 있었다. 양수아는 담요의 사각형 무늬 숫자를 손가락으로 세며 출처도 모를 이야기를 끊임없이 중얼거렸다. 알코올중독 재활센터를 퇴원한 지 한 달 남짓 된 그녀는 정신이 오락가락했다. 간을 비롯한 신체의 주요 장기는 이른 나이에도 불구하고 망가져 있었다. 반형태의 값비싼 사설 의료보험이 아니었으면 이미 죽었을지도 모른다.

그렇지만 양수아의 두 다리는 멀쩡했고 척추도 멀쩡했다. 걷는 데 문제가 없었다. 게다가 양수아가 탄 휠체어는 누군가 밀어줄 필요도, 스스로 바퀴를 굴릴 필요도 없는 완전 전자동 휠체어였다. 후진과 계단 오르기도 가능했다. 마음만 먹으면 하늘을 날 수도 있을 것이다…….

철멍이 양수아의 휠체어를 미는 건 모자 사이의 의식

이자 놀이였다. 철명은 책임감을 느꼈다. 양수아는 반형태에게 일방적인 희생을 강요당했다. 반형태는 자연분만을 할 것과 커리어를 포기할 것을 요구했다. 양수아는 네 번의 유산과 임신중독 끝에 철명을 낳았다. 그 대가로 양수아는 편의를 누렸다. 돈 걱정 없이 일도 안 하고(반형태의 관점에서 육아와 가사노동은 일이 아니었다. 보모와 가정부까지 있는데 일이라니!) 사치를 만끽했다. 양수아는 사치를 원한 적이 없었지만 그녀의 손에 쥐어진 게 그것뿐이었으므로 거부하지 않았다. 결국 그 사치가 그녀를 망가뜨렸다. 안정과 여유가 그녀를 망쳤다.

특정한 조건의 부부는 인공 자궁을 사용할 수 있다. 대상은 1)일반인 2)법적 부부 3)국가 지정 의료 기관에서 난임 또는 불임 진단서를 발급받은 자이다. 양육출산부는 동거 커플이나 동성 부부의 인공 자궁 사용을 금지했다. 미용 목적으로 임신을 피하려고 하는 경우에도 심사에서 탈락한다. 임신과 출산은 도덕과 윤리의 마지막 보루다. 인공 자궁 사용을 위한 최종 국민투표에서 다수의 국민은 인공 자궁의 무분별한 사용을 금지하는 쪽에 찬성표를 던졌다. 보수당의 슬로건은 명확했다. 정상 가족을 수호하는 것이 국가를 수호하는 일이다.

심사에서 탈락한 많은 커플이 불법적으로 아기를 낳았다. 인공 자궁을 상업적으로 이용 가능한 국가로 원정 출산을 가거나 대리모를 고용했다. 영토 밖에서 일어나는 일은 제재가 불가능했다. 다만 이 경우 한국인으로 인정받을 수 없었다. 태어난 나라에서 국적을 취득하고 귀화를 해야 한다. 만약 그곳이 속인주의라면 그 아이는 무국적자가 될 가능성이 컸다.

철멍은 계속되는 양수아의 중얼거림을 들으며 메시지를 확인했다. 명수의 회신이었다. 철멍은 명수에게 인공 자궁센터인 일명 '아기농장' 방문을 부탁했다. 명수가 일하는 인력자원위원회는 양육출산부 산하 기관이어서 직원 동반 방문을 신청할 수 있었다. 방문은 빠르게 허가됐다. 철멍의 아버지가 문체부 장관 출신의 세계적인 아티스트이기 때문이리라.

명수   거긴 갑자기 왜?

철명   궁금해서. 한 번쯤 가볼 만하잖아.

명수   좀 으스스해서 가기 싫은데.

양수아가 메시지를 주고받는 철명의 손을 잡아끌었
다. 철명이 그녀를 바라봤다. 양수아가 철명의 귀에 대
고 말했다. 니가 무슨 꿍꿍인지 다 안다.

철명   뭐라고요 엄마?

양수아   귀가 먹었니? 두 번 말하게 하지 마라.

철명   엄마!

양수아   내 아들을 돌려내. 이 망할 복제 인간 놈아.

22. 동두천 아기농장 – 알아인 휴머니즘 팜 / 사탄의 태양 아래

인공 자궁센터, 일명 아기농장은 총 열두 개이며 지역별로 분포되어 있다. 그중 동두천 아기농장은 평택, 양평, 문산 아기농장과 함께 수도권의 체외인 생산을 담당한다.

원칙상 아기농장은 누구나 방문 가능하다. 일반인의 난자와 정자가 수정, 착상되어 체외인을 생산하는 과정은 투명하게 공개되어야 한다. 양육출산부는 학생들을 위한 견학 시스템을 운영한다. 성인 역시 견학 프로그램을 신청할 수 있다. 하지만 가능하다고 해서 모든 사

람이 방문하진 않는다. 아무도 전쟁기념관을 가지 않
듯, 사람들은 본능적으로 아기농장을 피했다.

　—짧은 일화를 통해 배우는 인공 자궁의 역사

　최초의 인공 자궁은 발명된 게 아니라 발견되었다.
1894년 2월 24일 늦은 밤, 맨해튼 이스트사이드 26번가
의 작은 상점에 한 의사가 뛰어들었다. 그는 백만장자
클래런스 헤이트의 주치의 월터 롱고리아였다. 그는 의
사로서 소명을 다하기 위해 한밤의 뉴욕 거리를 질주했
다. 롱고리아의 손에는 0.9킬로그램도 안 되는 작은 생
명체가 들려 있었다. 인간이라고 말하기에는 지나치게
작고 붉고 물컹거리는 유기물. 이 유기물은 클래런스
헤이트의 딸이었다. 엄마는 출산 중에 죽었다.

　상점은 명사들 사이에 죽음과 삶의 소매상으로 알려
진 은둔 발명가 윌리엄 로빈슨의 집이자 실험실이었다.
산모의 배에서 넉 달이나 일찍 나온 아이가 로빈슨의
"영혼 박스"에 의해 살아났다는 소문이 있었다. 쇼윈도
는 어둡고 괴이했고 축축한 실내에선 노인의 신음 소리
같은 기계음이 새어나왔다.

생명체를 본 로빈슨은 창고에서 쇼케이스처럼 생긴 상자를 들고 나왔다.

오, 오. 롱고리아가 소리를 지르며 아기를 상자에 담았고 로빈슨은 미닫이 뚜껑을 닫고 손잡이를 돌려 모터를 가동시켰다. 따뜻한 수증기가 뿜어져 나오며 아기를 감쌌다.

이것이 영혼 박스입니까. 롱고리아가 묻자 로빈슨은 다소 음울하고 무뚝뚝하게 영혼은 존재하지 않습니다 라고 대답했다. 그것은 잘못 알려진 명칭입니다.

이것은 인공 자궁입니다. 로빈슨이 말했다. 미래에는 이 기계가 엄마를 대신할 겁니다.

상자는 2년 뒤 베를린 산업 박람회에서 공개됐고 관람객들을 혼돈과 공포 속에 몰아넣었다.

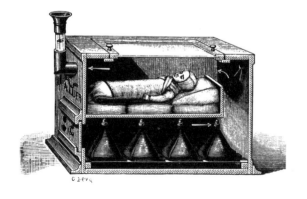

동두천 아기농장 입구에선 시위가 한참이었다. 두선 자 씨 사건의 여파로 체외인 반대파가 급격히 증가했고 전국의 아기농장 앞에서 시위가 이루어졌다. 체외인은 인간이 아니다, 살인 기계의 생산을 중지하라! 프랑켄 선자! 이게 나라냐…….

명수의 차에 탄 철멍은 차창 밖으로 사람들의 얼굴을 보았다. 평범하고 소박한 사람들의 살가죽 위로 기이한 광기가 기어다녔다. 사람들은 열에 들떠 있었고 익히 보지 못한 에너지에 휩싸여 있었다.

명수   (시위대를 보며) 극우파 새끼들.
철멍   저 사람들도 이유가 있겠지.
명수   지능의 문제야. 체외인이 없으면 그 자리는 어
          떻게 할 건데. 인구가 절반으로 줄어들 거야.
철멍   너도 체외인 안 좋아하잖아.
명수   나는 차별은 안 해.

명수는 폭동이 일어날 거라고 말했다. 경기 침체에 대한 분노가 체외인들에게 향할 거라고, 체외인들이 일

자리를 차지하고 경제를 축내며 사회 질서를 어지럽힌다는 이유로 테러를 당할 거라고 예견했다. 실제로는 저임금의 체외인들 덕분에 경제가 유지되고 있음에도 불구하고 사람들은 진실을 도외시했다. 상황은 점점 악화될 거고 어리석은 일반인 하층 계급의 분노가 시스템을 무너뜨릴 것이다. 극우 정당은 벌써 체외인 배제를 슬로건으로 내걸었다. 역사의 퇴보라고 명수가 말했다.

철명은 명수와 의견이 달랐다. 지금 사람들의 분노가 극에 달했을지라도 이는 하나의 과정이며 사회 변화의 일부에 불과하다. 새로운 것에 대한 거부는 어느 시대에나 존재한다. 체외인이 사회에 도움이 된다는 사실을 깨달으면 사람들은 변화를 수용할 거라고 철명은 믿었다. 나아가 체외인에 대한 차별 역시 인종이나 성차별과 마찬가지로 역사적 유물이 될 거라고 말했다.

명수   역사적 유물? 이젠 차별이 없다는 뜻이야?
철명   명시적으로는 그렇지.

문득 이 혐오자들이 정말로 체외인을 혐오하는 걸까,

라는 생각이 철명의 머리를 스치고 지나갔다. 사람들이 삶을 유지하기 위해선 희망이나 열정, 믿음이 필요했다. 혐오는 믿음과 동전의 양면이었다. 신을 맹신하면 신의 존재를 부정하는 이들을 혐오할 수밖에 없다. 가족을 본질적인 가치로, 근본 원리로 여기는 사람에게 가족이 결여된 인간은 인간으로서 자격 미달이다. 우리가 무언가를 가치 있게 여기는 순간 반대편에는 언제나 그림자가 드리웠다. 인간은 영원히 이 그림자를 떨쳐낼 수 없을 것이다. 혐오와 증오를 포기하는 순간 존재할 이유 역시 사라질 테니까.

알아인의 휴머니즘 팜은 버려진 럭셔리 리조트 부지에 건설되었다. 아미와 리젠쿠이가 묵는 숙소는 리조트의 숙박동을 리모델링한 것으로 3차원 나노 복합 기술과 인공지능이 적용된 스마트윈도가 벽을 대신했다. 서쪽에는 사막과 오아시스의 풍경이, 동쪽에는 새로 건설된 휴머니즘 팜의 메인 건물이 보였다. 매끈하고 길쭉한 타원형의 백색 물결이 끝없이 이어지는 메인 건물은 신기루처럼 보였다. 아미는 순간적으로 이곳이 화성이라는 망상에 빠져들었고 정신이 돌아온 후에는 방금 전의 망상이 망상이 아닐지도 모른다는 생각을 했다. 새로운 인간들, 합성인은 우주 환경에 적응하기 위한 목적으로 유전자 조작을 하게 될 터였다. 리젠쿠이는 매일 미래를 준비했고 미래는 그의 현실을 움직이는 동력이었다. 인간은 개량될 운명이다. 반면 아미는 미래를 상상하지 않았다. 합성인 생산이 결정됐으면 최선을 다해 결정을 따를 뿐이다. 그 일이 일으킬 여파가 긍정적일지 부정적일지 상상하는 건 자신의 몫이 아니었다. 모든 발명은 예상외의 경로를 따라 움직였고 결과는 누구에게도 알려지지 않은 낯선 장소에서 실현된다. 인과는 제한된 영역에서만 일어나는 현상이다. 장기적이고 전체적인 세계의 작동을 생각하면 인간이 예측할 수 있는 영역은 무에 가깝고 앞으로도 그럴 것이다. 인간은 가정할 권리가 없는 것을 가정하고 있다. 인간은 기술적 존재들의 주체가 아닌 도구이다. 그러므로 미래에 대한 기대와 걱정 모두 오류이며 우리가 할 일은 주어진 역할을 수행하는 것뿐이다.

그러나 아미의 신념은 권정현지의 파일을 본 이후 균

열이 났다. 파일의 내용은 아미의 상상 밖이었다. 아미는 자신이 염두에 둔 불확실성 역시 합리적 추론의 영역 속에 있었다는 사실을 깨달았다. 단 한 사람의 정자로 수백 명 또는 수만 명의 사람을 만들어내는 짓 따위는 이해의 영토 내에 존재할 수 없었다. 행위의 배후에 있는 의도나 목적을 짐작할 수 없었다. 아미는 객관적이고 중립적이라고 생각했던 자신의 내면에 진보나 윤리, 인간의 도덕성에 대한 믿음이 희미하게나마 존재했다는 걸 알 수 있었다. 갈등이 있을지언정 인류는 조금씩 전진하고 위기는 극복될 거라는 믿음. 그 때문에 자기혐오와 인간에 대한 불신에도 불구하고 제삼자적 냉정함을 유지하고 사회 시스템을 신뢰할 수 있었던 것이다. 하지만 인간이 저지르는 일은 상상을 초월했다. 역사를 공부하고 매일 끔찍한 뉴스를 접하면서 그걸 깨닫지 못했다는 사실이 놀라웠다. 피부로 느끼지 못했던 탓이리라. 아미의 곁에서 일어나는 일이 아니었기 때문에 거시적인 태도가 가능했다. 그런 아미의 척수에 권정현지는 현실의 주삿바늘을 꽂아넣었다. 더 이상 행동하지 않는 것은 불가능했다.

아기농장의 인공 자궁을 만들기 위해 정부가 가장 공을 들인 것은 디자인이었다. 디스토피아 영화가 끼친 부정적인 인식, 인공 자궁에 대한 거부감을 완화하기 위해선 인간 친화적인 디자인이 필요했다. 양육출산부의 국제 현상 공모에 세계적인 디자이너들이 지원했다. 최종 선발된 건 코펜하겐의 호이어스 그룹이었다. 호이어스 그룹의 디자인은 따뜻하고 친밀하면서도 긍정적인 미래를 약속하는 환상적인 아이코닉함을 제시한다는 점에서 높은 평가를 받았다.

아기농장을 방문한 사람들은 유리 벽 너머 설치된 일곱 기의 인공 자궁을 볼 수 있다. 연분홍빛의 인공 자궁은 허공을 부유하는 것처럼 보인다. 아기의 박동에 맞춰 투명도가 변하는 자궁 외벽을 따라 혈액 형태의 영양분이 지류를 형성하며 흘러가고 언뜻 비치는 태아의 손이 전의식 단계의 허상을 만지려는 듯 꼬물거리자 세계적인 뮤지션들이 협업한 태교 앨범 〈무한한 육아실험실〉의 리듬이 상호작용하며 퍼져나가기 시작해 주위 태아들에게 영향을 끼쳤고 생명을 향한 움직임과 속삭임이 인공 자궁 센서의 파동을 통해 관람객에게 전해지

는 광경을 보며 철멍은 모든 탄생은 기만이며 아름다움
은 기만의 제곱이고 우리는 삶을 인수분해하며 사는 것
말고는 도리가 없다고 생각했고 단지 보여주기 위해 하
늘색 가운을 입은 수정원들이 종종거림으로 이동하는
세라믹 바닥의 빛남을 응시하며 전시실 너머의 수만 기
가 넘는 인공 자궁의 인공 태반과 인공 혈액과 대용 혈
액과 대용 호르몬과 수천 개의 설정, 알고리즘, 작용 반
작용이 자연의 일부로 작동한다는 사실을 생각하면 익
숙하던 모든 것이 기이하고 낯선 화염 속에서 불타는
것처럼 아찔하게 느껴져 경이롭기까지 했다. 수억 개의
정자가 인간과 기계의 관을 타고 흐르며 난자에게 다가
가는 순간이 영원에 가깝게 늘어지며 중첩되고 순환하
면서 모두의 얼굴에서 한 사람의 얼굴로 변했고 그의
동공에 비친 세계 속에서 모두의 얼굴이 다시 한 사람
의 동공에서 우주로 연결되는 전설적인 비디오아트 크
루 안잘리카사가의 다큐멘터리 홀로그램이 휴머니즘
팜의 반투명한 복도에서 무한 재생되고 있었다. 아미는
가동을 대기하고 있는 휴머니즘 팜이 체외인이 아니라
합성인을 위한 것이라는 리젠쿠이와 사이프의 대화를

들으며 일련의 어두운 질문을 떠올렸다. 우리가 필요에 의해 창조되었다면 우리를 살아 있는 존재라고 말할 수 있을까. 죽음도 삶도 대체될 수 있다면 정신은 어디에 머무를 수 있을까.

23. 경계선 / 14일

스스로 종료 버튼을 누르는 것 외에 아무것도 하지 않는
기계에는 말할 수 없이 불길한 무언가가 있다

출장을 마치고 돌아온 아미는 공항에서 곧장 보른 호텔로 향했다. 피곤에 절어 있었지만 애드를 혼자 보내는 건 내키지 않았다. 피곤보다 더한 갈증과 열정이 아미를 재촉했다.

아기농장을 방문하고 돌아온 철명은 반형태를 만나 승격 보증서를 수령했다. 반형태는 아미와의 결혼을 입에 올렸다. 그가 직접적으로 결혼을 언급한 건 처음이었다. 그는 철명과 아미의 결합을 반대하면서도 자신의 말이 먹히지 않으리라는 사실을 잘 알고 있었다. 생각한 대로 철멍이 강경하게 나오자 반형태는 물러섰다. 그는 결혼은 허락하지만 자식을 낳는 건 신중할 필요가 있다고 말했다. 체외인의 유전자는 한 세기에 걸친 추적 관찰이 필요하지 않겠냐는 거였다. 그러므로 아기는 다른 일반인 여자의 난자와 철멍의 정자를 체외수정 해서 아미의 자궁에 착상시키는 방향으로 만드는 것을 제안했다. 철멍은 아버지의 제안에 피부가 따가울 정도로 분노를 느꼈지만 곧 다른 의심이 들었고 겉으로 수긍하는 척했다. 아버지가 철멍과 아미의 수정을 꺼림칙해하는 것에는 이유가 있지 않을까. 반형태는 체외인 사업의 초기부터 중요한 역할을 한 사람이었다. 체외인 사업 자문위원회에는 각계각층의 인사들이 포진해 있었고 반형태는 자문위원장을 역임했으며 현재까지도 위원회에 속해 있었다.

아날로그맨은 로비에서 예브게니 자먀찐의 《우리들》을 읽고 있었다. 아미와 애드는 먼저 호텔에 방을 잡고 섹스를 하고 난 뒤 로비로 내려와 아날로그맨을 만나 그와 함께 방으로 돌아왔다. 파일을 확인한 아날로그맨은 이것만으로는 미흡하다고 말했다. 당신들은 몰랐던 모양인데 벌써부터 소문이 돌고 있다, 몇몇 주요 인물들의 정자로 체외인이 생산됐고 그 이유는 체외인의 인격적 신체적 안정성을 위해서라고, 하지만 아무도 이 소문을 진지하게 받아들이지 않았고 진지하게 받아들여도 변할 게 없다. 첫째, 규명이 불가능에 가깝고 둘째, 진실이라 한들 대수롭지 않은 일이기 때문이다. 체외인이 하나의 아버지를 가진 거대한 집단이라고 해서 사회에 문제될 게 없다. 건강하고 훌륭한 유전자의 아이가 많을수록 체외인에게도 국가에도 유리하지 않은가. 어차피 체외인 사이에 결혼이나 출산은 금지되어 있다. 그들은 심사를 통해서만 아이를 낳을 수 있으므로 심사 과정에서 근친인지 아닌지 확인하면 된다.

보통 사람들은 체외인의 부모 따위는 신경 쓰지 않을 겁니다.

아날로그맨은 이 사실을 스캔들로 만들려면 다른 문제를 건드려야 한다고 말했다. 1인당 정해진 정자 숫자를 위반했다는 것과(하지만 이것도 경미한 문제였다) 정자를 대량으로 삽입한 인간들의 도덕적 결함이었다. 만약 정자왕(편의상 그들을 이렇게 부릅시다)들에게 순수하지 않은 의도가 있다면 어떨까요? 국가를 사유화하려고 했다거나, 담합이 있었다거나, 아니면 유전적 결함이 있을지도 모르지요.

하지만 더 효과적인 건 체외인이라는 집단의 비인간성을 강조하는 일이라고 아날로그맨은 말했다.

인류 역사상 한 번도 없었던 일이니까요.

파시즘을 은유한 디스토피아 소설에서나 나올 법한 일로 포장하자는 거였다. 인간이 곤충처럼 수도 없이 복제되어 알을 까고 나오는 것으로 묘사하는 거지요. 아날로그맨이 말했다.

그런 내용으로 보도하면 체외인들이 지금보다 더 위험해질 거예요.

아미가 말했다.

어쩔 수 없죠. 수정 과정 자체만으로 죄를 묻기 힘드니까.

결국 이 사태가 어떤 쪽으로 풀리든 피해를 입는 것은 체외인이지 그들을 창조한 일반인이 아니었다. 죄는 아버지가 지었지만 벌을 받는 건 자식인 셈이다.

막말로……, 아날로그맨이 말했다. 강간으로 태어난

것도 아니지 않습니까?

아미는 수치심으로 온몸의 수분이 증발되는 기분이었다. 왜 자신이 수치스러워야 하는지 알 수 없었기 때문에 수치심을 느끼는 스스로가 수치스러웠고 처음 느껴보는 분노가 바닥을 치고 올라왔다.

나는 태어나게 해달라고 부탁한 적이 없어요.

아미가 말했다.

태어나고 싶어서 태어난 사람은 아무도 없어요. 그래서 가족이 있는 겁니다. 아날로그맨이 말했다.

우리는 가족이 없어요. 애드가 말했다.

그렇다고 생각했죠. 하지만 그런가요? 생각보다 훨씬 큰 가족이 있는 것 같은데.

다음 날 만난 철명과 아미는 서로에게 있었던 일을 말하지 않았다. 평소와 다름없이 행동했고 침착하기 위해 노력했다. 아미는 예정대로 승격 심사를 보기로 약속했고 면접에 참여했다. 권정현지의 파일을 공개하는 건 뒤로 미루겠다고 거짓말했다. 합성인 사업 때문에 바쁘다는 핑계를 대고 철명과의 만남을 줄였고 그 시간

동안 애드가 빼온 유전자 데이터를 매칭해 더 많은 숫자의 배다른 체외인 형제자매를 찾아냈다. 데이터가 많아질수록 배다른 아이들의 숫자는 늘어갔다. 아버지의 숫자도 셋으로 늘었다. 한 아버지 아래 5만여 명의 자식이 발견됐다. 시간이 지날수록 배다른 체외인의 숫자는 늘어날 게 뻔했다. 하지만 여전히 아버지들의 정체는 알 수 없었다. 일반인의 DNA 데이터는 너무 광범위했고 접근할 방법도 없었다. 아미는 자신의 추적이 스스로의 무덤을 파는 일이라는 생각이 들었지만 멈출 수 없었다.

아미는 애드를 통해 매칭이 완료된 데이터를 가나코에게 넘겼다. 뉴 휴머니스트는 서해에 체외인을 위한 임시 자치구역을 만들고 있었다. 아미의 자료는 정부에게 자치를 요구할 명분으로 사용될 예정이었다. 체외인은 정부와 협상의 여지가 있다고 보았다.

철명은 아미가 무언가 다른 일을 하고 있는 걸 알았지만 심사가 끝날 때까지 기다리기로 결심했다. 법적으로 일반인이 되면 스캔들이 있어도 보호받을 수 있으므로 그때 행동하는 게 합리적이었다. 하지만 철명은 시간이 지날수록 아미와 자신이 멀어지고 있다는 사실을 깨달았다. 둘 사이에 사건을 바라보는 본질적인 차이가 있고 극복할 수 없을 거라는 생각에 사로잡혔다. 어느 날에는 아미가 집착하는 체외인 출생 문제가 그렇게 심각한 것인가 하는 생각이 들었다. 아버지가 동일하든 어머니가 동일하든 무슨 문제란 말인가. 어차피 부모와의 교류는 금지되어 있는데! 스스로가 자신을 단독자로 자각하면 되는 일이다. 현재의 자아와 삶에 만족한다면 부모를 따질 필요가 없다. 생물학적 부모는 스트레스나 걸림돌이 되기도 한다. 철명은 가끔은 자신도 체외인이길 바랐다고, 아버지와 어머니가 심어둔 저주로부터 벗어나고 싶다고, 의무가 없고 자유로운 체외인이 부럽다고 생각했고 이런 자신의 생각에 깜짝 놀랐다. 체외인 혐오자나 뉴 휴머니스트들이 하는 말과 유사했기 때문이었다. 아이러니한 건 두 극단적인 세력이 같은 이유로 체외인을 혐오하거나 애호한다는 사실이었다. 해방된 존재가 누군가에겐 공포였고 누군가에겐 축복이었다. 하지만 실제의 체외인은 둘 중 어디에도 속하지 않았다.

아날로그맨이 속한 언론사의 데스크는 체외인 기사 보도를 중단했다. 양육출산부 대외홍보부에서 데이터의 출처를 요구했고 출처를 밝히지 않으면 회사 전체를 고발하겠다고 경고했기 때문이다.

그러는 사이 일반인과 체외인의 갈등은 심화됐다. 체외인 학교에서 총기 난사를 계획한 일반인이 붙잡혔다. 뉴 휴머니스트 무리가 충청도의 아기농장을 점거했다. 아날로그맨은 지금이 뉴스를 보도해야 할 시점이라고 생각했다. 그의 개인 채널에서 뉴스가 공개됐다. 바로 댓글이 달렸다. #체외인중지 #체외인척결 #체외인추방 #체외인몰살

24. 서울

문 닫은 중식당의 유리창이 깨져 있었다. 번화가 골목 뒤편 소수를 위해 마련된 상점은 모두 영업을 종료했다. 돌개바람이 거리를 잠식했고 흙먼지와 브로슈어 따위가 날렸고 초봄의 햇살이 빌딩 모퉁이에서 희게 빛났다.

아미는 골목과 골목 사이 공사장과 공터의 뒤편을 걷고 완만한 오르막을 올라 버려진 버스 종점에 도착했다. 오른편 상공에 버티포트가 있지만 낙후된 외곽 지구까지 에어택시를 타고 오는 사람은 없었다. 오후의

해가 스카이라인 뒤로 떨어지고 언덕을 따라 땅거미가 진격했다. 아미는 오전에 승격 확정 통보를 받았고 서류와 신분증을 수령했다. 손목의 바코드를 삭제하는 데 10분도 걸리지 않았다.

아미는 축하 파티를 하자는 철멍에게 잠시 혼자 있고 싶다고 말했다. 철멍은 표정이 굳었지만 아미를 이해하는 것처럼 굴었다. 두 사람은 저녁에 다시 만나기로 했다.

아미는 홀로 도시를 가로지르며 무언가 느껴보려 애썼다. 놀랍게도 아무것도 느껴지지 않았다. 그녀는 대체로 기념일 따위에 무감했다. 인간들은 왜 그런 걸 챙기는 걸까. 아미는 사회화된 미소를 지으며 종이 폭죽을 터뜨리곤 했지만 몹시 피곤했고 가끔 화가 났다. 지금의 감정은 그때와 유사했다. 모든 것이 의례고 절차였다. 사람들은 감정을 안정적으로 느끼고 공유하기 위해 문화와 제도를 발명했다. 아미는 사과를 먹으면 맛이 아니라 분자구조를 느끼는 사람처럼 세계를 봤다. 그녀에게도 감정과 느낌은 존재했다. 그러나 아미는 자신의 상태를 심리라고 부르는 게 더 정확하다고 생각했다. 나는 우울증이나 편집증 환자가 아닐까? 정신분석학 책에 따르면 이러한 환자들의 공통적인 문제는 세계와의 분리감을 일상적으로 느끼는 데 있었다. 평범한 사람은 자연스럽게 느끼는 것도 이들에겐 이해와 해석의 대상이 된다.

아미는 번화가로 돌아와 퇴근길을 가득 메운 사람들을 봤다. 통신 기술과 모빌리티가 시공의 경계를 허문 지금도 사람들은 기존의 출퇴근 시간을 고집했다. 아날로그맨의 폭로 이후 체외인 사태는 악화일로를 걸었고 일부 지역은 내전 상태에 돌입했다. 그러나 부유한 지역은 소요 사태와 무관한 듯 평화로웠고 노르다와 같은 기업도 하던 일을 동일하게 이어나갔다. 주식 시장에 영향이 가는 걸 막기 위해 체외인 사태 보도를 막고 있다는 분석이 웹에 떠돌았지만 관련 게시물은 삭제됐고 계정은 사용 중지됐다. 주가와 금리를 수호하는 일은 가족을 지키는 일이었다. 포털 메인화면에는 첫 합성인 배출을 목전에 두고 있다는 뉴스가 올라왔다. 외신에서도 이 소식을 톱뉴스로 다뤘다.

세상이 자멸해가고 있는 판국에 체제는 샴페인을 터

뜨리고 있었다. 인간의 생물학적 여건은 달라졌지만 주류 사회는 과거의 가치에 집착했다. 그렇다고 뉴 휴머니즘이 옳은 건 아니었다. 가족과 관계, 감정을 제거하자는 주장은 파시즘에 대한 공포를 불러왔다. 과거는 몰락했고 미래는 가망이 없다. 아미는 포털에서 화제가 된 유전자 성형 병원의 광고를 떠올렸다. "가치 성형"을 캐치프레이즈로 건 병원은 무엇보다 삶의 의미라는 개념을 강조했다. 광고 카피는 자연과 인공이 양립할 수 없다는 통념에 이의를 제기했다. 진정성은 내면이 아니라 표면에 있으며 이미 존재하는 게 아니라 새롭게 만들어가는 것이다. 뛰어나기만 하면 자연과 인공 사이의 경계는 중요하지 않았다.

가족이나 인간성도 그렇게 볼 수 있지 않을까. 생식을 통한 유전자 전달은 고통의 근원이었다. 특정 개인의 유전자가 이어지는 방식의 수정을 극복하면 행복이 도래할지도 모른다. 그 세계에서는 관계의 형식이 훨씬 자유로워질 것이다. 하지만 아미는 사람들이 자유가 아니라 억압을, 해방이 아니라 속박을 원한다는 사실을 알 수 있었다. 사람들은 행복을 입에 달고 살지만 내면 깊은 곳에서는 불행을 원했다. 삶의 의미와 가치는 불행과 고통에서만 구할 수 있었다. 사회가 반복해서 차별을 생산하는 이유도 마찬가지다. 차별 없는 세계는 아무런 의미도 가치도 없다. 따라서 뉴 휴머니스트는 해방과 행복이 아니라 새로운 종류의 속박과 고통을 제시해야 한다. 역사적으로 성공한 혁명 뒤에 공포정치와 숙청이 뒤따르는 건 이러한 이유 때문이었다. 새로운 시대 이면에는 전 시대만큼 억압적인 이데올로기가 존재했고 사람들은 거기에 매혹됐다. 가족은 그중 가장 오래되고 힘이 센 이데올로기였다. 이것을 대신할 수 있는 게 존재할까?

집에 돌아와 컴퓨터를 켜니 리젠쿠이의 메일이 와 있었다. 일반인으로 승격된 걸 축하한다는 내용에 이어 합성인 발매일에 대한 코멘트가 있었다. 아미는 발매라는 단어가 불편했지만 리젠쿠이는 발매를 고집했다. 인간이나 체외인과 다르다는 걸 강조해야 한다는 것이었다. 뭐가 다르죠? 유전자의 99.9999999퍼센트가 동일한데. 아미가 묻자 리젠쿠이는 수치로 포착될 수 없는 점이 있다고 대답했다. 영적인 부분에서 다르지……. 이제 합성인은 발매될 준비가 됐어. 우주의 기운이 느껴져.

이 자가 지금 무슨 말을 하는 거지? 아미는 리젠쿠이와 입씨름을 할 생각이 없었다. 리젠쿠이는 과거의 천재성을 잃고 이상한 것에 집착했다. 인간 의식이라는 문제에 발을 들여놓은 뒤부터였다. 역사상 어떤 과학자도 헤어나오지 못한 구렁텅이였다. 위상수학으로 자유의지를 해석할 수 있다는 말 따위를 늘어놓을 때 눈치챘어야 했다. 문제는 그런 리젠쿠이를 세상이 더 좋아한다는 사실이었다.

그때 벨이 울렸다. 애드였다. 애드의 표정이 전에 없이 일그러져 있었다. 그런 표정을 본 건 처음이었다. 애드는 잠시를 못 기다리고 반복해서 벨을 눌렀다. 아미는 핸드폰을 봤다. 방해금지 모드를 해둔 핸드폰에 애드와 철명의 연락이 여러 통 와 있었다. 둘 다 무슨 일이지?

아미의 집에 들어온 애드는 두툼한 백팩을 메고 있었다.

가나코가 죽었어.

애드가 말했다. 애드의 말에 따르면 가나코는 체외인 아동을 구하는 과정에서 살해됐다. 반체외인 집단에서 경기도 외곽에 위치한 체외인들의 집에 테러를 감행했다. 보호의 책임이 있는 경찰은 화력이 부족하다는 이유로 책임을 방기했고 아이들이 죽어나갔다. 가나코와 무장한 뉴 휴머니스트들이 바리케이드를 세우고 아이들을 탈출시켰다. 이 과정에서 반체외인 집단의 일반인 역시 다수 죽었다. 경찰은 그제야 출동했다.

그래서?

가나코는 경찰에게 살해됐어.

포위된 가나코는 투항했지만 경찰은 가나코를 제압한다는 명목으로 구타했고 가나코는 경막하 혈종으로 호송차에서 사망했다.

아미는 두 손이 땀으로 흥건히 젖었다는 사실을 깨달았다. 가나코를 본 건 한 번뿐이었다. 그녀와 가까운 사이라곤 할 수 없었다. 지금 아미에게 느껴지는 것은 슬픔이나 공포보다 분노에 가까웠다. 반체외인 집단과 경찰에 대한 분노, 어리석음과 폭력에 대한 증오.

지금 당장 떠나야 돼.

애드가 말했다. 서해에 있는 체외인 임시 자치구역으로 몸을 피해야 했다. 체외인들이 무차별로 테러를 당하고 있었다. 특히 아미처럼 알려진 체외인의 경우에는 더욱 테러에 노출되기 쉬웠다. 애드는 아미가 승격 심사를 통과했다는 사실을 모르고 있었다. 아미는 사실을 말하지 않았다. 지금 타이밍에 자신이 더 이상 체외인이 아니라고 말하는 건 도발이고 도피였다.

반체외인 집단의 가장 극성스러운 부류 중 하나가 체외인에서 일반인이 된 사람들이었다. 그들은 입버릇처럼 말했다. 우리처럼 착한 체외인들도 있다. 우리가 경계하는 건 나쁜 체외인들이다.

난 착한 체외인일까. 아미가 속으로 되뇌었다. 사회의 가치를 내면화한 능력 있고 순종적인 체외인. 아미는 셔츠를 내려 오른 손목을 가렸다.

데려갈 사람이 더 있어. 아미가 짐을 싸며 말했다.

체외인이야?

어. 그런데 애가 있어. 아미가 말했다.

아미와 헤어진 철명은 반형태와 양수아를 만나기 위해 집으로 향했다. 원래 계획은 아미와 함께 점심 식사를 하는 거였다. 아미가 일반인이 된 날에 부모님에게 소개하는 것만큼 적절한 타이밍은 없을 터였다. 하지만 아미는 거절했고 철명은 아미에게 강요하지 않았다.

반형태의 청운동 집 앞 도로는 생명 경찰의 차량으로 가득했다. 철명이 들어가려고 하자 바리케이드 앞의 경찰이 막았다. 반형태의 아들이라는 말을 들은 경찰은 상관을 호출했다. 경감이라고 자신을 소개한 사내가 휠체어에 탄 양수아를 대동하고 나타났다. 경감은 잠시 머뭇하더니 혀를 차며 입을 열었다.

아버님이 납치됐습니다.

뉴 휴머니스트 극좌 분자들의 짓이었다. 반형태는 뉴 휴머니스트가 찾아낸 일곱 명의 아버지 중 하나였다. 일곱 명의 아버지 중 여섯 명의 신원이 파악됐다. 그들 대부분 위원회 소속 고위층 엘리트였다. 아버지의 정자에서 생산된 체외인 숫자가 300만 명이 넘는 걸로 추산됐다. 한 명당 최소 40만 명의 자식을 거느린

셈이었다.

경감의 이야기를 들은 철멍의 얼굴이 일그러졌다.

물론 당국에선 괴담 정도로 보고 있습니다. 문제는 납치범들의 요구 사항이 정확하지 않다는 거고요…….

경감은 사태의 심각성을 얘기하며 지금부터 필요한 조치를 늘어놓았지만 철멍의 귀에는 들리지 않았다. 철멍의 머릿속에 배다른 40만 명의 형제자매들이 떠올랐다. 아버지의 정자로 그들이 생산됐다 해도 그들을 가족으로 생각할 수 있을까. 가족은 자연적으로 태어나는 것이지 기계적으로 생산되는 게 아니었다. 이러한 원칙이 지켜지지 않는다면 최소한의 경계가 무너질 것이었다.

그때 갑자기 발작적인 웃음 소리가 들렸다. 휠체어에 앉아 있는 양수아가 웃고 있었다. 주위를 둘러싼 경찰들은 어찌할 바를 모르고 눈알을 굴렸다. 철멍의 얼굴이 붉게 달아올랐다. 철멍은 그녀가 제정신이 아니라고 경감에게 변명하듯 말했다. 경감은 집 안은 조사가 끝났으니 들어가도 된다고 말했다. 하지만 철멍이 휠체어를 밀려고 하자 양수아가 악을 쓰며 거부했다.

복제 인간이 나를 납치한다. 복제 인간이 나를 납치한다.

양수아가 같은 말을 반복했다. 구급 요원들이 양수아를 붙잡고 진정제를 주사했다. 철명은 그 모습을 가만히 지켜봤다. 그때 아미에게 문자가 왔다. 서해의 체외인 임시 자치구역으로 가는 중이라는 메시지였다. 철명은 니가 거길 왜 가냐고, 오히려 더 위험하다고 메시지를 보냈다. 아미로부터 답장이 왔다. *현지를 데려와야 돼.* 가까운 거리의 조산원에 권정현지가 있는데 그는 혼자 힘으로 임시 자치구역까지 이동할 수 없었다. 아미는 애드와 함께 육로로 차를 타고 조산원에 들렀다가 임시 자치구역으로 갈 계획이었다.

체외인들이 몸을 피하고 있어. 빨리 움직여야 돼.

임시 자치구역의 수용 인원엔 한계가 있었다. 전국의 체외인들이 모여든다는 소문도 있었다.

철명은 우두커니 서서 머리를 굴렀다. 아미가 이동하는 데 최소 서너 시간은 걸릴 터였고 운이 나쁘면 검문에 걸려 모든 게 수포로 돌아갈지도 몰랐다.

내가 에어택시를 타고 권정현지에게 갈 테니까 중간

에서 만나.

　철멍이 답장을 보냈다.

　그러지 않아도 돼.

　조산원 위치를 보내. 지금 출발할 테니까.

25. 이동

체외인의 거주 구역 이탈은 전면 금지됐다. 경찰과 군대가 주요 고속도로에서 검문을 실시했다.

애드가 화질 낮은 지도 사진을 여러 장 보여줬다. 체외인 통신망으로 전달받은 비밀 대피 경로였다. 차량의 내비게이션을 사용하면 위치가 노출될 위험이 있으므로 지도를 보고 서해까지 길을 찾아야 했다. 경로는 검문이 허술한 각 지역의 국도를 연결한 복잡한 루트였다.

아미가 보기에 계획은 터무니없이 허술했다. 체외인

들은 도로 사정에 깜깜했고 비상 상황에서 대처하는 요령도 부족했다. 거주 구역을 이탈한 체외인 대부분이 잡힐 게 뻔했다.

내가 운전할게.

애드가 반대했지만 아미가 고집해서 운전대를 잡았다.

애드는 잠을 못 잤는지 서울을 벗어나자 졸기 시작했다. 국도 경로는 기이했다. 서해가 목적지인데 북쪽을 향해 갔다. 하지만 어느 정도는 경로가 옳았음이 증명됐다. 대부분의 도로가 이용량 감소로 폐쇄되거나 버려져 있었고 감시도 인적도 찾아볼 수 없었다. 아미는 부서진 아스팔트와 공터, 늪지대를 반복해서 가로질렀다. 푸른빛이 지평선 너머로 잦아들며 두꺼운 어둠이 산등성이를 타고 내려왔다.

뉴스에서 납치 사건을 보도 중이었다. 신원이 밝혀진 여섯 명의 아버지 중 세 명이 납치됐고 나머지 셋은 벙커에 은신했다. 납치범들은 아직 특별한 요구를 하지 않았다.

정부는 체외인 감시와 통제를 강화했지만 체외인이 일반인에게 당하는 범죄에는 손을 놓았다. 거기까지 감

당할 인력이 부족하다는 거였다. 이 틈을 타 체외인 여성은 성범죄의 표적이 됐고 상업 시설은 절도의 표적이 됐다. 위협을 느낀 체외인들은 총을 들거나 도망쳤고 두 경우 모두 무사하지 못했다.

체외인 내부에서 분열이 일어났다. 친정부 성향의 체외인 단체는 뉴 휴머니스트 같은 극단적인 사상을 가진 이들 때문에 선량한 체외인까지 피해를 본다고 주장했다. 언론은 착한 체외인들의 인터뷰와 증언을 반복해서 내보냈다. "폭력에 반대합니다." "우리는 한 가족입니다." "통합이 먼저입니다."

아미는 지금 같은 국면이 오래가지 않을 거라고 생각했다. 반란은 제압될 것이고 납치는 해프닝으로 끝날 것이다. 끝이 보이는 저항이고 소요였다. 인명 피해는 있겠지만 죽음을 진정으로 심각하게 생각하는 사람은 없을 터였다. 삶과 죽음이 의미를 잃어가고 있었다. 생명을 경시하는 말을 함부로 입 밖으로 꺼내는 사람은 없었지만 이제 삶은 하나의 제품에 불과했다.

아미는 인공 자궁의 탄생을 되짚었다. 인공 자궁에서 첫 번째 아기가 태어났을 때 사람들은 희망에 부풀었다. 저출산과 인구 감소가 해결되고 생식의 압박에서 자유로운 관계가 눈앞에 그려지는 듯했다. 여성은 출산으로 인한 신체의 고통에서 벗어나고 동성애자와 불임 커플도 그들만의 아이를 가질 수 있으리라. 하지만 기술의 방향은 원하는 대로 흘러가지 않았다. 사람들은 관습을 답습했고 기술은 기대와 다르게 이용됐으며 인간은 새로운 종으로 분화됐다. 시스템은 이 과정을 제어할 수 있다고 믿고 있지만 균열은 인간이라는 종에 깊이 새겨졌다. 아미는 인간의 죽음을 심각하게 받아들여야 하는 이유를 찾을 수 없었다. 모기를 잡으며 그의 죽음에 고통스러워하지 않는 것처럼 인간의 죽음도 마찬가지였다. 개인적인 관계와 직접적인 행위가 얽히지 않는 이상 삶과 죽음에는 아무런 가치도 없었다. 이런 상황에서 합성인의 탄생은 특이점으로 작용할 터였다.

도로에 어둠이 내리고 축축한 안개가 사위를 가렸다. 아미는 지도와 경로를 확인했지만 현재 위치를 정확히 파악할 수 없었다. 안개등을 켜고 속도를 늦췄다. 창밖으로 유령 같은 바람이 숨소리를 내며 지나갔다.

잠에서 깬 애드가 안개등을 껐다.

위험해.

길을 헤매더라도 들키지 않는 편이 낫다고 애드가 말했다.

어디쯤이야?

포승읍…….

어둠 속에서 푸른 표지판이 떠내려갔다.

애드와 아미 모두에게 낯선 지명이었다. 내비로 경로를 계산할 수 없으니 남은 시간이 어느 정도인지 알 수 없었다.

잠깐 세워. 자리 바꾸자. 애드가 말했다. 아미가 고개를 저었다.

애드는 아미가 자신을 못 미더워한다는 사실에 짜증이 났다. 하지만 감정을 억누르고 말을 돌렸다.

그러면 저쪽에 잠깐만 세워줘. 화장실이 급해.

아미가 고개를 끄덕였다.

차를 갓길에 세우고 아미와 애드가 내렸다. 차가운 날씨였지만 오래 운전을 해서인지 상쾌한 기분이 들었다. 애드가 둑을 넘어 벌판으로 걸어갔다.

아미는 핸드폰을 확인했다. 철멍에겐 연락이 없었다.

에어택시를 탔다면 조산원에 도착하고도 남을 시간이었다. 철명이 조산원까지 가는 건 쉽지 않지만 힘든 일은 아니었다. 문제는 그 이후였다. 권정현지와 아기를 태우고 이동할 수 있을까? 에어택시 기사가 체외인 탑승을 허락해줄까.

애드가 아미 곁으로 다가왔다.

내가 운전할게. 그가 다시 한번 말했다.

손은 씻었어? 아미가 말했다.

애드가 움찔하며 손을 내려봤다. 아미는 실소를 흘리며 됐으니까 옆에 타라고 말했다.

아미가 시동을 거는데 도로가 갑자기 밝아지는 게 느껴졌다. 생명 경찰의 드론이 차 위를 맴돌고 있었다. 애드가 아미에게 소리쳤다.

어서 출발해!

하지만 지금 출발한다고 해서 벗어날 수 있을 리 없었다. 아미가 애드에게 좌석 아래로 숨으라고 말했다. 검문이 있을 거라는 경찰의 안내 멘트가 반복됐다.

드론이 아미와 눈높이를 맞췄다. 드론 전면 스크린에 담당 경찰의 얼굴과 직함, 성명이 출력되었다. 기계에

감시당하는 게 아니라는 걸 강조하기 위해 내려진 조처였다. 순경 박문식. 아미는 차창을 내리고 스크린 속의 박문식 씨와 눈을 마주치며 미소 지었다. 박문식 씨는 사무적인 표정으로 고개를 까딱했다. 그가 실제 사람인지 AI 영상인지 구분할 방법이 없었다. 어느 쪽이건 스크린 속의 얼굴은 기괴했다.

경찰이 신분증을 요구했다. 아미는 신분증을 꺼내 드론에 삽입했다.

뭐 하는 중입니까?

군산으로 여행 가는 길인데 뭐가 잘못됐나요?

체외인의 테러가 지속 중입니다. 체외인 구역은 피해서 다니세요.

아미가 신분증을 돌려받으면서 고개를 끄덕였다. 드론은 허공을 선회하며 한 바퀴 돌고는 도로를 벗어났다.

좌석 아래에 웅크린 애드가 설명을 해달라는 눈으로 아미를 쳐다보고 있었다. 아미가 신분증을 보여줬다. 일반인의 신분증이었다.

승격했어? 왜 말 안 했어?

말할 필요가 있어?

아미가 셔츠를 걷어 손목을 보여줬다. 바코드가 삭제된 매끈한 손목이 드러났다.

논리적으로 아미의 말에 잘못된 건 없었다. 승격 여부에 관해 애드에게 말할 의무가 없고 말했다고 해서 애드가 할 수 있는 일이 있는 것도 아니었다. 애드는 무력감과 수치심을 느꼈지만 이 감정을 아미에게 설명할 방법이 없었고 설명해도 아미에게서 특별한 반응을 얻어낼 수 없을 것 같았다. 아미와 그는 더 이상 같은 신분이 아니었다. 어제까지만 해도 살을 비비고 섹스를 할 수 있었지만 이제 더 이상 그럴 수 없다. 관계를 맺으려면 감옥에 갈 각오를 해야 했다. 하지만 중요한 건 범법 여부가 아니었다. 애드는 아미와의 관계에서 가능성을 잃어버렸다고 생각했다. 그것은 실현될 가망이 거의 없는 가능성이었고 한 번도 진심으로 믿어본 적 없는 가능성이었지만 그럼에도 불구하고 그것이 존재하는 것과 존재하지 않는 것에는 큰 차이가 있었다.

아미는 입을 닫고 있는 애드를 보고 위로의 말이라도, 설명이라도 해야 될지 고민했지만 머릿속에 떠오른 그 어떤 말도 불필요하다는 사실을 알았다. 상대의 감정에 일일이 반응할 시간도 에너지도 없었다.

　나는 됐고 내 친구나 챙겨줘. 정부가 협상안을 낼 때까지만 버티면 될 거야. 자치구역에 있는 체외인들을 모두 죽이거나 감옥에 보내진 않겠지. 강제로 해산시키는 것 정도일 테니까, 그때까지만 견디면 돼.

　아미가 말했다. 담담함을 가장하느라 아미의 목소리가 잠겼지만 애드는 눈치채지 못했다.

　아버지의 존재를 알고 난 뒤에 승격 심사를 거부한 줄 알았어.

　아버지? 나한테 그런 게 어디 있어.

　체외인으로 남길 원한 거 아니었어?

　애드가 말했다.

　체외인으로 남아서 좋은 게 뭔데?

　아미가 차갑게 대꾸했다. 애드의 입술이 가늘게 떨렸다. 도의적으로 체외인과 함께하는 게 옳다고 주장하려 했지만 터무니없는 말임을 알고 있었다. 모든 말이 무의미하게 느껴졌지만 아무런 말도 하지 않을 순 없었다. 배신감이 들었지만 따져보면 아미는 아무것도 배신하지 않았다.

일반인은 임시 자치구역에 못 들어가. 애드가 말했다.

나는 안 들어가도 돼.

아미가 말했다. 애드에게 너무 잔인하게 구는 것 같다는 생각이 들었지만 냉정할 필요가 있었다. 안개 너머 붉게 물든 산등성이가 보였다.

철명은 에어택시 기사를 찾는 데 애를 먹었다. 반형태의 전담 기사는 신변이 위험하다는 이유로 운행을 거부했다. 에어택시 조합은 현재 남는 기사가 없다고 통보했다. 철명은 공중 운행 면허가 있었고 직접 반형태의 버티컬을 몰 수도 있었다. 하지만 면허가 있는 것과 실제로 운전을 하는 건 완전히 다른 개념이다. 철명은 시뮬레이션이 아닌 실제 주행은 한 번도 해본 적이 없었다. 일반적으로 버티컬의 오토파일럿 기능에 의지하면 되지만 정해진 항로를 벗어날 경우에는 수동 제어가 필요했다.

철명은 명수를 통해 비합법 기사를 구했다. 그들은 면허가 중지되거나 취소된 에어택시 기사로 불법적인 운행이나 심야 운행 따위로 돈을 벌었다. 철명이 구한 기사는 음주 운전으로 승객을 죽음으로 몰아넣은 전력이 있는 중년 남자였다. 항공 점퍼를 입은 그는 운행지를 듣고 일반적인 요금의 두 배를 제시했다.

버티컬을 타고 이동하던 철명은 유전자 주사를 챙기지 않았다는 사실을 깨달았다. 처음 있는 일이었다. 오후 주사도 반형태의 납치 때문에 정신이 없어 깜빡했다. 지금부터 여섯 시간 후에는 약효가 떨어질 터였고 그러면 캡시드 생성이 중지되면서 위운동신경세포가 파괴되기 시작할 것이다. 한번 파괴된 신경세포는 재생이 불가능했다.

이동식 조산원은 아이보리색 중형 캠퍼밴으로 천북면 고봉산 자락의 들판에 주차되어 있었다. 거뭇한 풀숲이 들판을 둘러싸고 있었고 일정한 간격을 두고 세워진 트레일러 네 대가 보였다. 사람이 없는데…… 착륙 스폿을 살펴보던 기사가 불안한 음성으로 중얼거렸다.

조산원은 비어 있었다. 내부는 교통사고라도 난 듯 집기가 바닥에 쏟아져 있었고 총알 자국이 보였다. 조산원에 총을 쐈다는 사실이 믿기지 않았다. 진득한 핏

자국이 곳곳에 있었지만 시체는 보이지 않았다.

철멍은 침을 삼키며 주변을 둘러봤다. 헤드라이트가 켜진 트레일러가 보였다. 문이 열려 있었고 운전석에 남자가 있었다. 그는 배에 손을 올리고 숨을 헐떡였다. 피가 흥건했다. 물……. 남자가 말했다. 허파에 총을 맞은 탓인지 쌕쌕하는 숨소리는 거칠고 사나웠다. 철멍이 조수석 아래 있는 생수통을 집어서 건넸다. 남자는 뚜껑을 열었지만 생수통을 떨어뜨렸고 그의 사타구니에 떨어진 통에서 물이 꿀럭꿀럭 새어나왔다.

출산한 여자 못 보셨어요? 저기 조산원에서 체외인 여자가 애를 낳았다고 들었는데…….

남자는 사타구니에 떨어진 통을 짚으려고 애를 썼지만 손가락 끝에 걸린 생수통은 발아래로 떨어졌다. 그는 철멍을 바라보며 다시 물……이라고 중얼거렸다.

잠시 망설이던 철멍이 차에 올라 생수통을 집었다. 아주 조금의 물이 남아 있었다. 통에 묻은 피가 철멍의 손에 엉겨 붙었다. 철멍은 남자의 입술에 얼마 안 되는 물을 적셨다. 남자의 목구멍에서 기이한 소리가 났다. 그는 죽어가는 동물의 눈으로 어딘가를 봤다. 저…….

그가 손가락을 들어 트레일러 하나를 가리켰다. 달빛 아래 펜더가 희게 빛났다.

뛰— 뛰— 에어택시 기사가 클랙슨을 울렸다. 이곳에 계속 머무른다는 사실이 불안한 듯했다. 철멍이 조금만 더 기다려달라고 수신호를 했다.

권정현지는 트레일러 아래 구덩이에 몸을 숨기고 있었다. 호흡기를 단 아기가 품에 안겨 있었다. 철멍이 손을 뻗자 권정현지가 도리질을 쳤다.

나야, 철멍.

철멍에게 아기를 건넨 권정현지가 구덩이에서 기어나왔다. 아기는 붉고 뜨거웠다. 철멍은 아기의 이마와 머리칼에 묻은 흙먼지를 떼어냈다. 아기에게서 코코넛 크림 같은 냄새가 났다. 처음 맡는데도 친숙하게 느껴지는 냄새였다.

오랜만이야. 철멍이 권정현지에게 말했다.

아미가 보냈어?

내가 온다고 했어.

이리 줘. 권정현지가 아기를 건네받았다. 그녀의 동작은 사무적이고 딱딱했다. 아기를 어떻게 안아야 하는

지 모를 뿐 아니라 안는 것도 싫은 눈치였다.

몸은 괜찮아?

견딜 만해. 권정현지가 발걸음을 옮기며 말했다. 오래 웅크리고 있었던 탓에 뭉친 근육이 말을 듣지 않았지만 지체할 수 없었다.

고마워. 잠시 망설이던 권정현지가 말했다.

괜찮아. 근데 누구 애야?

그게 중요해?

아니…….

기사가 문을 열지 않고 철멍과 권정현지를 빤히 보고 있었다. 철멍이 버티컬의 문을 세게 두드렸다. 기사는 씨근덕거리며 문을 열었다.

체외인이에요? 기사가 권정현지를 가리키며 말했다.

돈 더 드릴게요. 철멍이 말했다.

체외인이에요? 기사가 다시 질문했다. 에이 씨팔…….

태안까지만 가시면 됩니다. 돈은 달라는 대로 드릴게요.

씨발, 재수 옴 붙었네. 기사가 침을 탁 하고 뱉었다. 체외인이냐고?

기사는 버티컬의 시동을 걸고 이륙 준비를 했다. 권정현지는 몸을 숙여 프로펠러 바람에서 아기를 감쌌다. 철멍은 왼팔로 문을 붙잡고 오른팔을 뻗어 사내의 어깨 춤을 잡았다.

이륙하지 마.

체외인이냐고?

어서 타. 철멍이 현지에게 말했다.

권정현지가 철멍의 몸을 피해 버티컬에 올라타려고 했다. 기사가 기어를 당기자 버티컬이 이륙하기 시작했다. 현지의 몸이 기우뚱하며 안쪽으로 미끄러졌다. 철멍은 문에 매달렸다.

버티컬은 철멍을 매단 채 허공을 잠시 맴돌았다. 철멍은 팔에 힘을 주고 몸을 끌어당기려고 했으나 매달린 채 힘을 쓸 수 없었다. 현지가 철멍의 팔을 붙잡았지만 역부족이었다. 곧 철멍이 아래로 추락했다. 3미터 정도 높이여서 크게 다치진 않았지만 떨어지는 과정에서 발을 접질렀다.

권정현지가 소리를 지르며 기사의 머리를 잡아당겼다. 기사는 버티컬을 착륙시키고 침을 뱉으며 운전석에서 내렸다.

철명은 기사에게 천만 원을 이체했다. 기사는 돈은 받지만 남은 거리는 운전할 수 없다고 말했다. 이 돈은 입 다무는 대가로 받는 거고…….

운전석에 앉은 철명의 손을 권정현지가 붙잡았다. 버티컬이 이륙하자 아기가 울먹이기 시작했다. 호흡기를 떼자 아기의 울음소리가 프로펠러 소음 사이로 맹렬히 울렸다. 나무우듬지 사이로 택시가 떠나가는 모습을 지켜보는 기사의 모습이 보였다.

26. 태안

경찰과 군대가 임시 자치구역이 있는 태안반도를 통제하고 있었다. 체외인이 임시 자치구역으로 들어가는 것은 허락됐지만 나오는 건 금지되었다. 한번 들어간 체외인은 정부와 협상이 끝나기 전까지 나올 수 없었다. 경계선에서 무장한 뉴 휴머니스트 부대와 군대가 대치 중이었다. 병력과 화력 면에서 비교할 수 없지만 뉴 휴머니스트들이 오랜 시간 준비한 바리케이드는 강고했다. 미사일을 쏘거나 공중에서 폭탄을 퍼붓지 않는 이상 군대에서도 희생 없이 그들을 제압할 수 없었다.

임시 자치구역의 최대 수용 인원은 30만 명이었다. 하지만 대략적인 통계일 뿐 실제 30만에 달하는 숫자를 수용하면 구역은 기능을 잃을 것이다.

전국에서 모여든 체외인들은 경계선 밖에 마련된 대기 캠프에서 순서를 기다렸다. 일일이 검증과 등록을 거쳐야 했으므로 꽤 많은 시간이 소요됐다. 최소 반나절에서 길게는 이틀까지 대기했기 때문에 캠프에는 사람들이 머물 수 있는 시설이 마련되어 있었다.

아미는 페인트칠도 안 된 나무와 철골로 세워진 임시 막사가 헤아릴 수 없이 늘어선 풍경에 현기증을 느꼈다. 별안간 20세기의 전시 상황으로 시간 여행을 하는 듯했다. 추락의 느낌은 너무 생경해 실제로 겪고 있음에도 실감이 나지 않았다. 각종 구호 단체와 군대에서 공수한 천막과 물자들 사이로 자원봉사자와 병력, 공무원이 체외인과 뒤섞여 이동하고 있었다. 그들 중에는 진정으로 체외인의 해방과 독립을 원하는 사람도 있고 그저 최소한의 인도주의를 실천하기 위해 온 사람도 있을 것이다. 출입구의 소총을 든 군인이 바지를 추켜올

리며 캠프로 들어오는 수백수천 명의 체외인을 호기심 어린 눈으로 지켜보고 있었다.

막사는 남녀가 구분되어 있었다. 애드가 철명을 부축하고 78번 막사로 들어갔다. 아미와 권정현지는 218번 막사로 들어갔다. 내부에 서른 명 정도의 사람이 있었다. 시트도 씌우지 않은 간이침대와 철제 캐비닛. 중앙 통로를 따라 온열기가 가동되고 있었다.

권정현지는 응급센터에서 가져온 우유를 아기에게 먹였다. 젖병이 없으므로 플라스틱 수저로 조금씩 입에 우유를 흘려넣었고 얼굴이 다 젖었다. 의사는 아기가 너무 시끄럽게 울면 우유에 소주와 아스피린을 타서 먹이라고 했다. 지금 줄 수 있는 건 그게 다라고, 여기 아기를 데리고 오는 미친 사람은 당신밖에 없을 거라고 말했다. 보다 못한 일반인 자원봉사자가 모유 수유를 해보라고 말했지만 권정현지는 고개를 저었다. 젖이 나오지 않아요. 비쩍 마른 권정현지의 몸을 훑어본 자원봉사자가 혀를 찼다. 하지만 사실 권정현지는 젖을 물릴 시도조차 하지 않았다. 그녀는 다른 사람이 자신의 몸에 손대는 걸 좋아하지 않았다. 아기는 그녀의 몸에서 나왔음에도 타인으로 느껴졌다.

이름은 정했어?

아미가 물었다.

아니. 그냥 애야, 애.

몸은 좀 어때? 조산원 시설은 괜찮았어?

최악이었지. 의사는 코카인에 절어 있고 간호사는 핸
드폰 게임을 하면서 애를 받더라고. 하지만 괜찮았어.
그건 그거고 그 사람들도 나름 최선을 다했으니까. 그
분들 살아 있는지 모르겠어. 정부에서 마구잡이로 사람
을 죽이진 않겠지?

권정현지가 캠프 안을 둘러보며 입을 열었다. 상처
입은 체외인들이 간이침대에 누워 핸드폰에 코를 박고
있었다. 모두 가망 없는 현실에서 도피하기 위해 여기
로 온 사람들이었다. 하지만 진정으로 도피하고 싶다면
국가에 투항하는 게 나을 것이다. 국가는 그들을 학살
하거나 버리지 않을 것이다. 그들이 적응한다면 국가는
자연스럽게 그들의 욕구와 환경을 조절할 것이다. 온수
가 충분히 나오는 집에서 매일 게임과 섹스를 하며 지
낼 수 있을 것이다.

아미는 권정현지의 품에 들린 아기를 물끄러미 보다가 입을 열었다.

만약 어떤 것을 실현하기 위한 시도가 합리적인 결과에서 벗어날 거라는 사실이 명백하다면 그 시도는 성립될 수 없을 거야. 아무도 양자의 발견이 원폭 투하로 이어지리라 예상하지 못한 것처럼, 우연성과 확률 따위를 강조해도 인간 사회의 모든 요소는 합리성에 기초하고 있어. 그게 아니면 사소하고 개인적인 일조차 할 수 없을 거야. 모든 건 의도 속에서 이루어지니까. 아미는 잠시 말을 멈췄다. 권정현지가 자신의 말을 오해하진 않을까 두려웠고 스스로도 무슨 말을, 왜 하려는지 알 수 없었다. 아미의 말은 대화라기보다 고백이었고 스스로를 위한 설득의 형식을 띠었다. 캠프의 적막한 소란 속에서 갑자기 고해성사를 털어놓고 있었다. 아미는 현지에게 이야기를 하고 싶었다. 지금이 아니면 언제, 어떤 이야기를 할 수 있단 말인가. 아미는 계속해서 말했다. 합리성 내부에 비이성적이고 제어 불가능한 요소가 자리 잡고 있고 이것들의 무작위적인 얽힘 속에서 세계가 만들어진다고, 인간들은 자유의지나 감정, 의식, 나아가 돌연변이, 창발성 같은 개념으로 세계를 설명하려 하지만 그걸로는 설명이 되지 않는다. 인간들의 설명에는 존재와 생명을 의미화하려는 욕망이 숨어 있고 때문에 개념은 긍정적인 해석에 의해 오염된다. 통계와 확률로 자연을 길들이고 미래를 계측 가능한 영역에 밀어넣었다고 믿지만 비합리적인 진실의 작동은 그것보다 더 근본적이고 격렬하고 폭압적이다. 결국 인간은 스스로를 설명하는 것에 실패할 것이다. 가족이라는 발명품이 오류이자 한 시기의 유행임에도 불구하고 지금까지 놓지 못하는 이유는 이 때문이다.

권정현지는 아미가 털어놓는 이야기의 세세한 개념이나 디테일이 어떻게 연결되는지 이해하지 못했지만 그럼에도 그 말의 어느 지점이 자신을 향해 있는지 알 수 있었다.

내가 아이를 낳은 게 가족이라는 고장 난 발명품을 억지로 붙잡으려는 욕망 때문이라는 뜻이지? 심지어 나는 아이를 낳으면 안 되고, 가족이나 핏줄 같은 건 신경 쓸 필요도 없는 존재인데도 다 끝난 개념에 목을 맨다는 이야기를 하고 싶은 거잖아.

　너를 탓하려고 하는 이야기가 아니야. 나에 대해서, 지금 이 사태에 대해서 설명하기 위해 생각한 이야기야. 왜 우리가 어리석음을 놓지 않고 집착하는지, 다른 방법은 없는지 그걸 알고 싶어. 니가 애를 낳은 것도 그렇잖아. 어린 시절을 생각해봐. 너는 너를 모른 척했던 생물학적 엄마를 찾으려고 했지. 그게 어떤 결과를 불러왔어? 그녀는 이미 가족을 이루고 있었어. 그녀에겐 애가 있고 남편이 있어. 너도 자신의 난자로 만들어낸 자식이지만 너만 인정하지 않았지. 그게 뭘 뜻하는 걸까. 그런데 알고 보니 국가는 단 몇 사람의 정자만으로 수백만의 인간을 만들어냈어. 굳이 그럴 이유가 없는데도 생물학적으로 겹치는 인간들을 창조해낸 거야.

　넌 내가 왜 엄마를 찾아갔는지, 왜 아이를 낳았는지 전혀 이해하지 못해. 너는 완전 딴소리를 하고 있어.

　내가 뭘 모르는데? 니가 원하는 대로 파일을 폭로한 것도 나고, 지금 품에 안고 있는 아기와 너를 구한 것도 나야.

그래. 고맙게 생각해. 니가 없었으면 나는 구덩이 속에서 죽었거나 경찰에게 잡혔겠지. 하지만 그래도 상관없어. 이름도 없는 이 애가 당장 죽더라도 상관없어.

무슨 뜻이야? 죽고 싶다는 말이야? 애를 죽이겠다고?

니가 말한 대로 인간을 끝없이 생산할 수 있다면 사는 게 무슨 의미가 있어?

의미를 만들기 위해서 가족이나 사랑 같은 억지 발명품이 필요한 거잖아. 내가 말하고 싶은 건 그게 시효가 다 됐다는 거고 다른 무언가가 필요하다는 거야.

나는 이 세상을 사랑하지 않아. 인간들을 사랑하지도 않고 이 애도 사랑하지 않아.

사랑하지도 않는데 애를 낳았다고? 대단하네. 정말 억지스러워.

너는 모든 게 합리적으로 설명되어야 한다고 생각하지. 방금 전까지 합리성이 말이 안 된다고 말했으면서도 이유가 있어야 된다고 생각해. 생명을 만들고 기술을 개발하고 관계를 쌓는 것에 의도가 있어야 한다고 말이야. 그걸로 모든 게 설명된다고 생각하는 거지.

현지의 손에 들려 있던 수저가 미끄러졌다. 아기는 고개를 흔들며 뺨에 묻은 우유를 몸에 묻혔다.

나는 그런 식으로 행동하지 않아. 사랑해서, 필요해서 뭔가를 하는 게 아니야. 어쩌면 나는 내 삶을 엉망으로 만들고 싶어서 지금처럼 행동하는지도 몰라. 엄마를 찾아간 것도, 아이를 낳은 것도 뭔가를 망가뜨리고 싶어서 그렇게 한 거라고.

망가뜨린다고? 무슨 말이야. 이해가 안 돼…… 그런데 왜 애를…….

나도 몰라. 애를 가진 상태로 열 달 동안 있으면 그런 생각이 사라질 거라고 믿었어. 나도 보통 사람처럼, 모성의 위대함과 생명의 소중함을 깨달을 거라고. 하지만 아니었어. 내 몸을 차지하고 영양분을 빨아들이는 애가 미워 죽을 것 같았어. 내가 죽지 않고 버틴 이유는 지지 않기 위해서였어. 사람들의 미소에는 증오와 미움이 숨어 있어, 그게 삶을 망치기도 하지만 때로는 그걸 위해서 살아 있기도 하는 거야.

아미는 현지의 말을 잠자코 듣고 있었다. 현지가 가지고 있는 맹렬한 증오나 파괴 욕구 따위를 아미는 한 번도 느끼지 않았다. 아미의 삶은 평탄했다. 그녀는 체외인임에도 불구하고 모든 것을 쉽게 얻었고 앞으로도 그럴 가능성이 컸다. 하지만 그런 삶이 그녀를 만족시켜주진 않았다. 철멍처럼 희생적이고 좋은 환경의 연인이 있고 훌륭한 직업이 있음에도 불구하고 그녀의 삶은 문제투성이였다. 아미는 단지 능란하게 문제를 은폐했고 상황을 현상 유지하는 능력이 뛰어났을 뿐이며 그것이 가능한 환경과 여건 속에 놓여 있을 뿐이었다. 하지만 이제는 아미도 분노가 뭔지 알 수 있었다. 반형태를 비롯한 일곱 명의 아버지들, 가나코를 죽인 반체외인 혐오 세력들, 질서와 조화를 이유로 세계를 억누르는 힘을 향한 맹렬한 분노를 느끼고 있었다.

그때 그들의 캠프에 애드가 들어왔다.

지금 인터넷에서 반형태를 공개 심문하고 있어. 캠프 광장에서 생중계 중이야.

아미가 자리에서 일어났다.

철멍은?

철멍은…… 몸 상태가 좀 이상해. 왜 그런지 알아?

아미의 뇌리에 유전자 주사가 스치고 지나갔다. 철명이 주사를 챙기지 않았다면 운동 기능이 저하되고 있을 것이었다.

우리는 일종의 실험이었을까? 만약 실험이었다면 이 실험은 성공일까, 실패일까? 광장에 모여서 고개를 쳐들고 스크린을 바라보는 체외인들의 마음속에는 어쩔 수 없는 의문과 질문이 떠올랐다.

복면을 쓴 여섯 명의 뉴 휴머니스트들이 눈밭에 서 있었다. 그들 앞에는 핑크색 파자마를 입은 세 명의 아버지가 무릎을 꿇고 앉아 있었다. 씻기고 이발까지 한 듯 아버지들의 상태는 정돈되고 깨끗해 보였다.

뉴 휴머니스트들은 카메라 앞에 서서 성명서를 낭독했다. 열악한 음향 환경 때문인지 소리는 제대로 들리지 않았다. 가끔 세차게 몰아치는 눈보라 소리가 마이크를 흔들었고 추위 속에서 몸을 떠는 아버지들의 얼굴로 눈이 갔다.

아버지들은 널리 알려진 인물들이었다. 반형태는 예술가였고 다른 하나는 세계적인 축구 선수였으며 나머지 하나는 재벌 4세였다. 재벌 4세는 초기에는 경영에 소질이 없다는 평가를 받았지만 인플루언서로 국제적인 유명세를 얻었고 그렇게 얻은 이름을 발판으로 회사를 전과 다른 영역에 올려놓았다. 아미는 그의 회사에서 나오는 모든 제품과 프로젝트를 혐오했지만 그들은 언제나 업계 1위였다.

하반신에 마비가 오기 시작한 철명은 접의자에 앉아 스크린을 보고 있었다. 반형태의 꽉 다문 입술은 가증스러웠다. 그는 세계적인 작가가 되기 위해 써먹은 자기 연출을 인질이 된 순간에도 선보일 셈이었다. 반형태는 어떤 질문에도 바로 답하지 않았다. 시간을 끌고 침묵을 가장해 집중을 유도하고 어리둥절한 선문답을 던진 후 친숙하고 철학적인 수사로 마무리했다. 반형태가 아미와 결혼을 꺼림칙하게 생각한 건 근친에 대한 두려움 때문이었을 거라고 철명은 생각했다. 그는 자신이 저지른 짓을 정확히 알고 있었다.

게놈 조각을 비교해본 결과 아미와 철명은 가족이 아니었다. 그러나 철명과 애드, 권정현지는 모두 반형태의 자식이었다. 물론 애드와 권정현지는 그런 건 조금도 신경 쓰지 않았다. 철멍과 형제라는 사실을 알았을 때 애드의 반응은 아……라는 잠깐의 탄성이 다였다. 그 외에는 한마디도 보태지 않았다. 철멍은 그 "아"가 아미와 관련 있는 감정의 스침이라고 생각했다.

캠프에서 조우한 아미는 철멍에게 애드와의 관계를 고백했다. 그것뿐만 아니라 철멍과의 미래에 얼마나 자신이 없는지, 그와 헤어지고 싶은 마음은 없지만 결혼이나 출산 따위는 상상할 수 없었다고, 하지만 그 일이 현실로 다가오자 어떻게 거절해야 할지를 몰랐다고 말했다. 평생 순응해왔던 대로 담담히 처리하면 될 거라고 생각했지만 그런 마음을 먹을 때마다 퓨즈가 나가버리곤 했다. 그리고 자신은 누군가를 절대 사랑할 수 없다고, 그런 감정에 대해서 완전히 무지하다고 말했다.

철멍은 뉴 휴머니스트가 아버지들을 참수한다면 끔찍하고 화려한 피날레가 될 거라는 생각이 들었다. 진작에 끝났어야 했지만 여전히 남아서 지루하게 이어지는 세계를 완전히 절단하는 상징적인 행위가 될지도 모른다고 생각했고 어쩌면 그 때문에 아버지들은 숭

고한 영웅으로 거듭날지도 모른다는 공포심이 몰려오기도 했다. 어느 쪽이 됐건 엉망이고 파탄이었다. 겨우 이룩해낸 진보를 인류는 이렇게 바닥에 던져버렸다. 그들은 생명을 너무 소중하게 여겨서 지금 같은 일을 초래한 걸까, 너무 경시해서 모든 걸 망친 걸까. 생명은 인식의 산물일 뿐 실재하지 않았다. 생명이 실재한다면 양립할 수 없는 일들이 역사에는 비일비재했다. 반나절만 유전자 주사를 맞지 않아도 위운동신경세포가 파괴되고 사지가 위축되는 자신의 몸을 생각하면, 생명이 실재하지 않는다는 것이 더욱 진실에 가깝다고 철명은 생각했다.

　권정현지가 철명의 곁에 다가오더니 아기를 그의 무릎에 올려놓았다.
　무거워서. 잠깐만 올려둘게. 어차피 안 느껴지지?
　철명이 실소를 터뜨렸다. 애드가 스크린을 가리키며 입을 열었다.
　저기 왼쪽에서 두 번째 복면 쓴 사람, 나랑 같이 자랐어.

애드가 씁쓸한 표정으로 말했다. 나한테 단체에 들어오라고 제안했는데.

아미는 철명의 무릎에 있는 권정현지의 아기를 들어보았다. 아기는 울지 않았다. 눈동자를 굴리며 주위를 둘러보고 있었고 이해할 수 없는 외부세계를 향해 맹렬히 신경을 곤두세우고 있었다. 이 무력하고 연약한 존재를 독립적인 개체로 인정해줄 수 있을까. 어떤 의무도 책임도 묻지 않고 세계를 배워나가도록 도와줄 수 있을까.

막사 사이에 놓인 스모커에서 연기가 솟아올랐다. 한 소녀가 정수탱크에서 물을 받으며 스크린을 바라봤다. 물이 넘쳐 바닥에 떨어질 즈음에야 소녀는 눈길을 돌렸다.

밤하늘의 구름이 적갈색으로 물들어 있었다. 도시에서는 볼 수 없었던 별과 위성이 보였다. 차고 느긋한 바람이 서쪽 바다에서 불어왔다. 눈을 돌리던 아미는 북동쪽 끝에서 다가오는 불빛을 보았다. 대기 밖의 빛이라기에는 너무 빠르고 강했다.

아미야.

그때 권정현지가 아미의 어깨를 흔들었다. 아미가 스크린으로 눈을 돌렸다. 뉴 휴머니스트들이 스크린 밖을 향해 총을 쏘고 있었다. 스피커를 통해 날카롭고 둔중한 소음이 뒤섞였고 복면을 쓴 뉴 휴머니스트들의 무릎이 꺾이며 하나씩 바닥에 쓰러졌다. 화면 오른쪽에서 군복을 입은 사내들이 나타나 아버지들을 구조했다. 캠프 전체에서 탄식과 비명, 웅성거리는 소리가 폭우처럼 솟아오르기 시작했다.

공기를 가르며 임시 자치구역을 향해 날아가는 두 대의 전투기가 보였다. 그만해…… 권정현지가 중얼거렸고 애드와 철멍이 멍하니 서쪽을 바라봤다.

멀리 임시 자치구역 상공의 암흑을 배경으로 거대하고 아름다운 오렌지색 불꽃이 타올랐다. 스크린의 영상이 픽 하고 나갔고 폭발음이 파도처럼 몸집을 키우며 사람들을 덮쳤다.

군대가 바리케이드에 포격을 시작했고 사이렌 소리가 울렸다. 안내 방송이 나왔다. 대기자들은 막사로 돌아가 기다립니다. 막사로 돌아갑니다. 소총을 옆구리에 낀 군인들이 체외인들을 줄 세우고 밀어넣었다.

아미는 멍하니 스크린을 바라봤다. 더 이상 어떤 성명서도 존재하지 않았고 인질극도 변명도 존재하지 않았다.

이리 와.

애드가 아미를 잡아끌었다. 그들은 정수탱크 뒤쪽의 막사 사이로 몸을 숨겼다. 철명이 바닥에 몸을 눕히고 가쁜 숨을 쉬었다.

씨발, 개새끼들. 애드가 중얼거렸다. 개새끼들……
개새끼들…….

경찰과 군인들이 개들을 데리고 막사 주위를 돌며 도망치는 체외인들을 구타했다. 머리가 깨져서 비틀거리는 여자의 목덜미를 질질 끌었고 머리가 헝클어진 소년이 주저앉아 울음을 터뜨렸다. 누군가는 절망과 공포에 사로잡혀 넋을 놓았고 누군가는 저항의 표시로 말뚝을 뽑아 막사를 무너뜨렸다.

철명이 넋이 나간 아미의 팔을 잡아당겼다. 내가 타고 온 버티컬이 주차장에 있어. 그걸로 여길 빠져나가자.

아미가 텅 빈 눈으로 철명을 봤다.

정신 차려.

애드가 철명을 등에 업었다. 권정현지는 아기를 감싸 안고 아미의 뒤에 바짝 붙었다. 그들은 어지러운 캠프 사이를 뚫고 달렸다. 군인 하나가 그들에게 소리를 지르며 총을 뽑았지만 쏘진 않았다.

철명의 버티컬은 그 자리에 그대로 있었다. 권정현지와 아기가 먼저 뒷좌석에 올라탔다.

니가 운전해. 알려줄게. 철명이 아미에게 말했다.

아미가 운전석에 타고 애드가 철명을 조수석에 밀어 넣었다. 순간 연속되는 폭발음이 들렸다. 주황색 불꽃이 살아 있는 유기체처럼 밤하늘 위로 뻗어 올라갔다. 애드가 주춤거리며 아미를 보고 있었다.

뭐 해? 어서 타.

아미가 말했다. 애드가 뒷걸음질 쳤다.

왜? 뭐 하냐니까?

권정현지와 철명도 눈을 돌려 애드를 바라봤다. 현지의 품속에 있던 아기가 울음을 터뜨렸다. 주차장 입구를 지나던 군인 둘이 아미 일행을 발견하고 몸을 돌렸다.

미안해. 너희끼리 가. 애드가 말했다.

애드!

나는 저기로 가야겠어.

지금 가면 죽어.

그건 상관없어. 너도 그렇지 않아?

애드가 몸을 돌려 어둠 속을 향해 뛰어갔다. 철명이 외마디 소리를 지르며 힘겹게 버티컬의 문을 닫았다. 군인들이 총을 겨누고 버티컬로 달려오고 있었다. 아미가 시동을 걸었다. 버티컬이 순식간에 허공으로 떠올랐다.

권정현지는 임시 자치구역 쪽으로 달려가는 애드를 눈으로 좇았다. 막사의 그림자에서 빠져나온 애드는 혼잡한 사람들 틈을 헤치고 나아가고 있었다.

어디로 갈 거야? 권정현지가 말했다.

아미가 철명을 바라봤다. 철명이 고개를 저었다. 어디로 가면 좋을지 떠오르지 않았다. 멀리 붉게 물든 서해가 보였다. 균형을 잡은 버티컬은 산등성이를 넘어 해가 뜨는 방향을 향해 전진했다. 아미는 벵족의 이야기를 떠올렸다. 벵족의 신화에서 죽은 아기들은 우르그비로 돌아간다. 원래 그들이 존재했던, 이곳과는 다른 세계로. 아미는 생각했다. 우리에게 다른 세계가 없는 게 아니라고, 다른 세계는 존재한다고. 하지만 지금 우리가 있는 이 세계가 바로 그곳이라고. ■

《브레이브 뉴 휴먼》은 인공 자궁과 가족제도에 대한 나의 세 번째 소설이다. 첫 번째는 쥘 베른의 《20세기 파리》를 패러디한 단편소설 〈언리얼 퓨쳐: 22세기 서울〉이고 두 번째는 〈가족의 방문〉이라는 초단편소설이다. 디테일은 다르지만 세 소설 모두 인공 자궁에서 인간이 탄생하는 미래 사회를 그리고 있다.

인공 자궁 아이디어를 처음 떠올린 게 언제인지 모르겠다. 최소한 올더스 헉슬리의 《멋진 신세계(Brave New World)》를 읽었을 때는 아니다. 제목에서도 알 수 있듯

《멋진 신세계》는《브레이브 뉴 휴먼》의 좋은 참조점이 되었지만 방향성은 반대라고 할 수 있다.

헉슬리가 그랬듯 기계에서 인간이 탄생하는 미래는 보통 디스토피아로 그려진다. 기계에서 태어난 인간은 영혼 또는 감정이 결여된 존재이며 미래 사회는 파시즘이 만연한 곳으로 묘사된다.《브레이브 뉴 휴먼》은 그렇지 않다.

만약 인공 자궁에서 태어나고 공동 양육된 인간이 보통 인간과 다를 바 없다면 어떨까? (실제로 그럴 가능성이 높다) 그들이 인간보다 더 인간적이라면? 하지만 여기에는 하나의 질문이 추가되어야 한다. 더 인간적이라는 것은 무엇을 의미할까? 우리는 이미 인간보다 더 인간적인 복제인간과 사이보그를 봐왔다. 가족을 간절히 원하는 스티븐 스필버그의 〈에이 아이〉가 대표적이다. 그게 정말 인간성일까. 헉슬리의 디스토피아와 스필버그의 감정을 가진 로봇 모두 관습적인 인간의 정의를 반복할 뿐 아무것도 질문하지 않는다. 기성 서사에서 옳고 그름은 이미 정해져 있다. 인간은 로봇이 일깨워 준 기존 가치를 반복해서 수행하면 될 뿐 사유할 필요가 없다. 이 서사 안에서 인공적인 존재들은 변화를 위한 존재가 아니라 단지 도구로 전락한다.

《브레이브 뉴 휴먼》에서 내가 인간성의 근거로 추궁하는 건 가족이다. 가족은 뭘까? 좋지만 피곤한 것? 감사하고 소중한 내 삶의 보물? 인간이라면 의당 책임져야 할 애물단지? 모두 맞는 말이다. 부모 없이 태어나는 아이 없고 자식을 사랑하지 않는 부모 없……. 가족은 선택할 수도 없고 벗어날 수도 없다. 《가족을 폐지하라》의 저자 소피 루이스는 가족의 종말보다 자본주의의 종말을 상상하는 게 더 쉬울지도 모른다고 한탄했다. 그만큼 가족은 우리 삶을 뼛속까지 지배하는 보편적인 무언가다. 하지만 어쩌면 가족은 생각보다 자연스러운 게 아닐지도 모른다. 소크라테스는 이미 2000년 전에 가족은 부당하므로 사라져야 한다는 논리적 결론에 도달했다. 소피 루이스는 가족을 권력의 규율 장치이자 자본주의의 최소단위라고 주장한다. 사실 가정은 지구에서 가장 많은 강간과 살인이 일어나는 장소다. 가족은 경쟁을 조장하며 이성애를 강요한다. 가족은 "운명 행세를 하는 협박이고 생물학적 필연인 척하는 망할 계약이다."(이 글을 가족이 볼까 봐 조마조마하지만……)

인공 자궁이 현실화되면 재생산을 위한 가족이라는 단위에 얽매이지 않아도 되지 않을까. 출산과 양육을 외주화하면 인간은 구속에서 벗어나 행복해지지 않을까.

물론 문제가 그렇게 간단할 리 없다. 하지만 나보다 먼저, 50년 전에 인공 생식에 관한 문제를 숙고한 사람이 있다. 제2물결 페미니즘의 이론가인 슐라미스 파이어스톤이다. 그는 1970년 출간한《성의 변증법》에서 이렇게 요구한다. "모든 가능한 방법을 통하여 여성을 생식의 압제로부터 해방시키고 양육의 역할을 여성뿐 아니라 남성, 즉 사회 전체로 확산시킬 것. (……) 필요한 것은 자연의 균형 대신 인간적인 인공의 균형을 확립하려고 시도하는 혁명적인 생태학적 기획이다."

나는 파이어스톤의 글에서 용기를 얻었다. 인공 자궁을 비난하거나 끔찍하게 여기지 않고 가능성으로 상상하는 동지를 처음 만난 것이다. 파이어스톤의 주장은 동시대 사람들에게 공격받고 오해됐지만 그의 선견지명은 지금도 영감을 준다. 소설에서 파이어스톤의 혁명을 시험해볼 수 있지 않을까. 유토피아도 디스토피아도 아닌 방식으로, 지금까지 존재해온 방식이 아닌 다른 경로로. 다른 세계는 꿈속에 있지 않다. 현실이 꿈의 일부다.

2024년 봄

정지돈

미주

01   존 그레이, 《불멸화 위원회》, 김승진 옮김, 이후, 2012, 206쪽.

02   폴 B. 프레시아도, 《대항성 선언》, 이승준·정유진 옮김, 포이에시스, 2022, 내용 참고 및 변용.

03   멜린다 쿠퍼, 《잉여로서의 생명》, 안성우 옮김, 갈무리, 2016, 265쪽.

04   앨리스 웡, 《급진적으로 존재하기》, 박우진 옮김, 2023, 366쪽 변용.

브레이브 뉴 휴먼

1판 1쇄 발행 2024년 4월 29일
1판 2쇄 발행 2024년 5월 31일

지은이 · 정지돈
펴낸이 · 주연선

(주)은행나무

04035 서울특별시 마포구 양화로11길 54
전화 · 02)3143-0651~3 ｜ 팩스 · 02)3143-0654
신고번호 · 제 1997―000168호(1997. 12. 12)
www.ehbook.co.kr
ehbook@ehbook.co.kr

ISBN 979-11-6737-413-4 (03810)